CUENTOS DE

CARSON McCULLERS

Austral Cuentos

CUENTOS DE

CARSON McCULLERS

Traducción
María Campuzano y
José Luis López Muñoz

Obra editada en colaboración con Editorial Planeta – España

Títulos originales de los cuentos: *Sucker, Poldi, Breath from the Sky, Wunderkind, The Jockey, Madame Zilensky and the King of Finland, A Tree. A Rock. A Cloud, The Sojourner* y *Who Has Seen the Wind?*

Traducción de María Campuzano y José Luis López Muñoz
Diseño de la colección: Austral / Área Editorial Grupo Planeta
Ilustración de la portada: © Núria Just
Composición: Realización Planeta

Bajo el sello editorial AUSTRAL M.R.
Avenida Presidente Masarik núm. 111,
Piso 2, Polanco V Sección, Miguel Hidalgo
C.P. 11560, Ciudad de México
www.planetadelibros.com.mx

Primera edición impresa en España en Austral: mayo de 2025
ISBN: 978-84-08-30320-6

Primera edición impresa en México en Austral: julio de 2025
ISBN: 978-607-39-2981-3

Impreso en los talleres de Litográfica Ingramex, S.A. de C.V.
Centeno núm. 162-1, colonia Granjas Esmeralda, Ciudad de México
Impreso en México – *Printed in Mexico*

Índice

Sucker

Fue siempre como si tuviera un cuarto para mí solo. Sucker dormía en mi cama, pero no se entrometía en nada. La habitación era mía y yo la usaba como quería. Recuerdo que, en una ocasión, serré una trampilla en el suelo. El año pasado, cuando estaba en segundo de bachillerato, clavé con chinchetas en la pared algunas fotos de chicas, sacadas de revistas, y una de ellas estaba en paños menores. Mi madre nunca me llamaba la atención porque tenía que ocuparse de mis hermanos pequeños. Y Sucker pensaba siempre que todo lo que yo hacía estaba bien.

Cuando traía a cualquiera de mis amigos a mi cuarto, todo lo que tenía que hacer era mirar una vez a Sucker para que dejara lo que estuviera haciendo, tal vez me obsequiara con una media sonrisa, y se marchara sin rechistar. Por su parte, nunca trajo a ningún chico a nuestro cuarto. Tenía doce años, cuatro menos que yo, y sabía, sin que yo se lo dijera, que no quería gente de su edad hurgando en mis cosas.

La mitad del tiempo me olvidaba de que no es mi hermano, solo primo carnal, aunque prácticamente haya formado parte de nuestra familia desde siempre. Y es que sus padres murieron en un accidente cuando él era todavía muy pequeño. Para mí y para mis hermanas menores siempre ha sido como un hermano.

Sucker se acordaba siempre, palabra por palabra, de todo lo que yo decía y además se lo creía. De ahí le vino el apodo. Hace un par de años le dije una vez que si saltaba con un paraguas abierto desde el techo del garaje, funcionaría como paracaídas y no le pasaría nada. Lo hizo y se rompió una rodilla. Eso no es más que un ejemplo. Y lo más curioso es que por muchas veces que lo engañara seguía creyéndome. Y no porque fuera tonto: solo se comportaba así en su relación conmigo. Se fijaba en todo lo que yo hacía y lo asimilaba.

Hay una cosa que he aprendido, algo que me hace sentirme culpable y es difícil de entender. Si una persona te admira mucho, la desprecias y te tiene sin cuidado; en cambio, casi con toda seguridad admiras a la persona que no te hace caso. No es fácil darse cuenta. Maybelle Watts, dos cursos por encima del mío, se comportaba como si fuese la reina de Saba e incluso me humillaba. Pero yo hubiera hecho cualquier cosa por ganarme su afecto. Pensaba tanto en Maybelle de día y de noche que casi me volví loco. Desde que Sucker era un niño pequeño hasta que cumplió los doce años, supongo que lo traté tan mal como Maybelle a mí.

Ahora que Sucker ha cambiado tanto es un poco

difícil recordarlo tal como era. Nunca imaginé que de repente pudiera suceder algo que nos hiciera tan distintos a los dos. Nunca se me ocurrió que para entender correctamente lo que ha sucedido querría recordarlo como era antes, hacer comparaciones y tratar de poner las cosas en orden. Si hubiera podido preverlo, quizá habría actuado de otra manera.

Nunca me fijé mucho en lo que hacía ni pensé en él; y si se considera el mucho tiempo que hemos compartido el mismo cuarto, es curioso las pocas cosas que recuerdo. Hablaba mucho consigo mismo cuando se creía solo: siempre sobre peleas con gánsteres, sobre la vida en un rancho y otras niñerías por el estilo. Se metía en el cuarto de baño y se podía pasar allí una hora y a veces alzaba la voz muy emocionado y se le oía por toda la casa. De ordinario, sin embargo, hablaba más bien poco. No había muchos chicos en el barrio de los que pudiera ser amigo y su cara tenía la expresión de alguien que está viendo un partido con la esperanza de que lo inviten a jugar. No le importaba heredar las chaquetas y los jerséis que a mí se me quedaban pequeños, aunque las mangas le estuviesen demasiado grandes y sus muñecas parecieran tan finas y blancas como las de una niña. Así es como lo recuerdo: creciendo un poco todos los años pero sin dejar de ser el mismo. Tal era Sucker hasta hace pocos meses, cuando empezaron los problemas.

Maybelle tuvo que ver en cierto modo con lo que sucedió, así que supongo que debo empezar por ella. Hasta que la conocí yo no había dedicado mucho tiempo a las chicas. El otoño último se sentaba a mi lado en la clase de Ciencias y fue cuando empecé a fijarme en ella. Tiene el pelo rubio más luminoso que he visto nunca y de vez en cuando se lo riza con alguna sustancia pegajosa. Llevaba las uñas largas, arregladas y pintadas de rojo brillante. Durante la clase me dedicaba casi todo el tiempo a mirarla, excepto cuando me parecía que iba a volverse hacia mí o cuando el profesor me preguntaba. En primer lugar no era capaz de apartar los ojos de sus manos, muy pequeñas y blancas, excepto por la laca roja, y porque al pasar las páginas de su libro —siempre muy despacio— se lamía el pulgar y alzaba el meñique. Es imposible describir a Maybelle. Todos los chicos están locos por ella, pero, por lo que a mí se refiere, ni siquiera se daba cuenta de mi existencia. También es cierto que me llevaba dos años. Entre clases me esforzaba por acercarme mucho a ella en los pasillos, pero apenas si me sonreía. Lo único que hacía yo era mirarla durante la clase de Ciencias, y a veces me parecía que el aula entera tenía que oír los latidos de mi corazón y me daban ganas de gritar o de salir corriendo e irme al infierno.

Por la noche, en la cama, pensaba en Maybelle. Con frecuencia eso hacía que no me durmiera hasta la una o las dos de la madrugada. A veces Sucker se despertaba y me preguntaba por qué no conseguía dormirme y yo le decía que se callara. Supongo que me porté mal muchas veces. Tal vez quería hacer con él lo que Maybelle hacía conmigo. Siempre se sabía por su expresión cuando se herían sus sentimientos. No recuerdo todas las cosas desagradables que debí de decirle porque incluso mientras las decía pensaba en Maybelle.

Aquello duró casi tres meses y luego, por alguna razón, Maybelle empezó a cambiar. Me hablaba en los pasillos y todas las mañanas eran mis deberes los que copiaba. A la hora del almuerzo bailé una vez con ella en el gimnasio. Una tarde hice de tripas corazón y me presenté en su casa con un cartón de cigarrillos. Sabía que fumaba en el sótano de las chicas y a veces fuera del instituto, y no quería ofrecerle dulces porque me parecía que eso ya no se llevaba. Estuvo muy amable y me pareció que todo iba a cambiar.

Fue precisamente aquella noche cuando empezaron los problemas. Llegué tarde a casa y Sucker ya se había dormido. Me sentía demasiado feliz y entusiasmado para encontrar una postura cómoda y seguí despierto mucho tiempo pensando en Maybelle. Luego soñé con ella y me pareció que la besaba. Fue una sorpresa despertarme y encontrarme a oscuras. Me quedé quieto y pasó algún tiempo antes de que me diera cuenta de dónde estaba. El silencio era total y la noche muy oscura.

La voz de Sucker me sobresaltó.

—¿Pete?

No le contesté y ni siquiera me moví.

—Me quieres tanto como si fuera tu hermano, ¿verdad que sí, Pete?

Yo no era capaz de superar tantas sorpresas y además aquello era la realidad y no el otro sueño.

—Siempre me has querido como si fuera tu hermano, ¿verdad que sí?

—Claro —le respondí.

Luego me levanté unos minutos. Hacía frío y me alegré de volver a la cama. Sucker se me pegó a la espalda. Yo lo sentía pequeño y cálido y notaba la tibieza de su respiración en el hombro.

—Hicieras lo que hicieses siempre he sabido que me querías.

Yo estaba despierto del todo, pero tenía una extraña confusión mental. Me sentía feliz por lo que había pasado con Maybelle, claro está, pero, al mismo tiempo, algo en Sucker y en su voz cuando dijo aquellas cosas hizo que me fijara. Supongo, de todos modos, que uno entiende mejor a la gente cuando es feliz que cuando está preocupado. Fue como si nunca hubiera pensado de verdad en Sucker hasta entonces. Sentí que siempre me había comportado mezquinamente con él. Una noche, pocas semanas antes, lo había oído llorar en la oscuridad. Dijo que había perdido la escopeta de aire comprimido de otro chico y que no se atrevía a contárselo a nadie. Quería que le dijera lo que debía hacer. Yo tenía sueño, le pedí que me dejara en paz y, en vista de que insistía, le di una patada. Era solo una de las cosas que recordaba. Me pareció que Sucker había estado siempre muy solo. Tuve remordimientos.

No sé qué tiene una noche oscura y fría que hace que te sientas muy cerca de alguien con quien duermes. Cuando hablas con él es como si fuerais las únicas personas despiertas en toda la ciudad.

—Eres un chico estupendo, Sucker —le dije.

De pronto me pareció que lo quería más que a nadie entre mis conocidos: más que a ningún otro chico, más que a mis hermanas, más, en cierta manera, que a Maybelle. Tuve una sensación maravillosa y fue como cuando ponen música triste en las películas. Quise demostrarle la buena opinión que tenía de él y resarcirlo por la manera en que lo había tratado hasta entonces.

Conversamos un buen rato aquella noche. Sucker hablaba muy deprisa y era como si hubiera estado durante mucho tiempo acumulando cosas para contármelas. Mencionó que iba a intentar construir una canoa y que los chicos de nuestra calle no lo querían en su equipo de fútbol y no sé cuántas cosas más. Yo también le conté algo y era agradable pensar que se tomaba muy en serio todo lo que le decía. Hablé incluso un poco de Maybelle, aunque procuré que pareciera como si fuese ella la que me perseguía. Me hizo preguntas sobre el instituto y cosas por el estilo. Su voz revelaba entusiasmo y siguió hablando muy deprisa como si le faltara tiempo para decir todo lo que se le ocurría. Cuando me quedé dormido aún seguía hablando, y sentía su respiración en el hombro, cálida y próxima.

Durante las dos semanas siguientes vi mucho a Maybelle, que se comportaba como si de verdad yo le interesara un poco. La mitad del tiempo me sentía tan bien que no sabía qué hacer conmigo mismo.

Pero no me olvidé de Sucker. En los cajones de la cómoda guardaba un montón de cosas viejas: guantes de boxeo, libros de Tom Swift y aparejos de pesca de mala calidad. Se lo regalé todo. Tuvimos unas cuantas conversaciones más y fue de verdad como si lo conociera por primera vez. Cuando vi que tenía un corte muy largo en la mejilla supe que había estado haciendo el tonto con mi maquinilla nueva de afeitar, pero no dije nada. Ahora su cara parecía diferente. Su aspecto antes era tímido y como si tuviera miedo de recibir un golpe en la cabeza. Aquella expresión había desaparecido. Su cara, con los ojos muy abiertos, las orejas muy separadas y la boca nunca cerrada del todo, tenía el aire de una persona sorprendida pero a la espera de algo magnífico.

En una ocasión me dispuse incluso a señalárselo a Maybelle y a explicarle que era mi hermano pequeño. Estábamos en el cine por la tarde y ponían una película policíaca. Me había ganado un dólar trabajando para mi padre, y a Sucker le di veinticinco centavos para que se comprara unos dulces o lo que quisiera. Con el resto llevé a Maybelle al cine. Estábamos sentados al fondo y vi entrar a Sucker. Empezó a mirar a la pantalla tan pronto como el encargado le cortó la entrada y bajó por el pasillo tropezando y sin darse cuenta de adónde iba. Empecé a llamar la atención de Maybelle pero no acabé de decidirme. Sucker resultaba un poco absurdo al caminar como un borracho con los ojos clavados en la pantalla. Se limpiaba las gafas con el faldón de la camisa y llevaba los pantalones medio caídos. Siguió adelante hasta llegar a las primeras filas donde de ordinario se sientan los críos. No llegué a señalárselo a Maybelle. Pero me gustó que los dos hubieran visto una película con el dinero que había ganado yo.

Me parece que las cosas siguieron así alrededor de un mes o seis semanas. Estaba tan contento que no conseguía ponerme a estudiar ni concentrarme en nada. Quería ser amigo de todo el mundo. Había veces en que necesitaba hablar con alguien. Y de ordinario esa persona era Sucker, tan encantado de la vida como yo. Una vez dijo: «Pete, que seas como mi hermano me importa más que ninguna otra cosa en el mundo».

Luego sucedió algo entre Maybelle y yo. No he logrado descubrir qué fue exactamente. Las chicas como ella son difíciles de entender. Empezó a tratarme de otra manera. Al principio no quería creerlo y trataba de pensar que era solo mi imaginación. No parecía alegrarse de verme. A menudo se iba a pasear con un tipo del equipo de fútbol que tiene un descapotable deportivo. El coche era del color del pelo de Maybelle, y después de las clases se marchaba con él, riendo y mirándolo a los ojos. No se me ocurría ninguna manera de evitarlo y me pasaba día y noche pensando en ella. Cuando por fin llegábamos a salir juntos adoptaba una actitud insolente y no me hacía el menor caso. Aquello me llevó a pensar que pasaba algo: me preocupaba que mis zapatos hicieran demasiado ruido al andar o que llevara abierta la bragueta o que le molestaran los granos que tenía en la barbilla. A veces, cuando Maybelle estaba delante, un demonio se apoderaba de mí y ponía gesto duro y llamaba a personas mayores por su apellido sin el «señor» delante y decía groserías. Por la noche me preguntaba qué era lo que me llevaba a hacer todo aquello hasta que el cansancio podía más y me dormía.

Al principio estaba tan preocupado que, sencillamente, me olvidé de Sucker. Luego, más adelante, empezó a sacarme de quicio. Siempre me esperaba hasta que yo volvía del instituto, siempre con aspecto de que tenía algo que decirme o de que quería que yo le contase algo. Me hizo una estantería para revistas en su clase de manualidades y una semana ahorró el dinero del almuerzo y me compró tres paquetes de cigarrillos. No parecía enterarse de que tenía otras cosas en la cabeza y de que no quería perder el tiempo con él. Todas las tardes era lo mismo: Sucker en mi cuarto con la expresión de estar esperando algo. Entonces le decía cualquier cosa o tal vez le contestaba con brusquedad y él acababa por marcharse.

No soy capaz de precisar los momentos y decir que eso sucedió un día y aquello otro al día siguiente. En parte porque estaba tan desorientado que las semanas se confundían unas con otras, me sentía fatal y todo me daba lo mismo. No hacíamos ni decíamos nada definitivo. Maybelle seguía paseándose con el tipo del descapotable amarillo y unas veces me sonreía y otras no. Por las tardes iba a los sitios donde pensaba que la encontraría. Y o bien me trataba casi amablemente y yo empezaba a pensar que las cosas se aclararían a la larga y que acabaría por quererme o se comportaba de tal modo que si no hubiese sido chica habría querido agarrarla por aquel cuellecito suyo tan blanco y estrangularla. Cuanto más avergonzado me sentía por hacer el imbécil más iba tras ella.

Sucker me sacaba de quicio y mi irritación iba en aumento. Me miraba como si de algún modo me culpara de algo, aunque al mismo tiempo supiera que aquello no iba a durar mucho. Crecía muy deprisa y por alguna razón empezó a tartamudear. A veces tenía pesadillas o devolvía el desayuno. Mamá le compró un frasco de aceite de hígado de bacalao.

Luego todo terminó entre Maybelle y yo. La encontré al entrar en el *drug store* y le pedí una cita. Cuando dijo que no, hice un comentario sarcástico. Me respondió que estaba harta de verme mariposear a su alrededor y que nunca le había importado un pimiento. Así de claro. Me quedé clavado en el sitio y no abrí la boca. Volví muy despacio a casa.

Durante varias tardes no salí de mi cuarto. No quería ir a ningún sitio ni hablar con nadie. Cuando Sucker entraba y me miraba de una manera curiosa le gritaba que se marchara. No quería pensar en Maybelle y me ponía a leer *Mecánica popular* o tallaba un portacepillos de dientes que estaba haciendo. Me parecía que estaba sacándome a aquella chica de la cabeza francamente bien.

Pero no hay manera de controlar lo que te pasa por la noche. Eso es lo que hizo que las cosas estén como están hoy.

El caso es que pocas noches después de que Maybelle me dijera lo que me dijo volví a soñar con ella. Fue como la primera vez, y le apreté tanto el brazo a Sucker que lo desperté. Él me buscó la mano.

—Pete, ¿qué te pasa?

De repente me atraganté de rabia; rabia contra mí mismo, contra el sueño y Maybelle y contra Sucker y las demás personas que conocía. Me acordé de las muchas veces que Maybelle me había humillado y de todo lo malo que me había sucedido. Por un segundo me pareció que nadie me iba a querer nunca excepto un pobre diablo como Sucker.

—¿Por qué hemos dejado de ser amigos como antes? ¿Por qué...?

—¡Cierra la boca, maldita sea! —Aparté las sábanas, me levanté y encendí la luz. Sucker se incorporó en medio de la cama, parpadeando muy asustado.

Tenía algo dentro que me quemaba y no pude evitarlo. Creo que nadie se enfada hasta ese punto más de una vez. Me salieron las palabras antes de que supiera lo que iba a decir. Solo más tarde logré recordar todo lo que dije y entenderlo con claridad.

—¿Por qué no somos amigos? ¡Porque eres el tonto más crédulo que he visto nunca! ¡No le importas a nadie! ¡Y aunque a veces me hayas dado pena y haya tratado de portarme bien contigo no tienes que creer que me importe un rábano un pobre estúpido como tú!

Si le hubiera gritado o le hubiese pegado, habría sido mejor. Pero hablé despacio y como si estuviera muy tranquilo. Sucker tenía la boca medio abierta y dio la sensación de que le había alcanzado un rayo. Se quedó blanco como el papel y empezó a sudarle la frente. Se la secó con el revés de la mano y durante un minuto tuvo el brazo levantado como si estuviera apartando algo.

—No sabes absolutamente nada. ¿Has salido de verdad alguna vez a la calle? ¿Por qué no te buscas una novia y me dejas en paz? ¿En qué clase de mariquita te quieres convertir, si puede saberse?

Yo no sabía lo que iba a decir a continuación. No lo podía evitar ni tampoco era capaz de pensar.

Sucker no se movió. Llevaba una de mis chaquetas de pijama y su cuello resultaba flaco y pequeño. Se le había humedecido el pelo que le caía sobre la frente.

—¿Por qué tienes que estar siempre rondándome? ¿Es que no sabes cuándo estás de más?

Después recordé el cambio en la cara de Sucker. Poco a poco desapareció el aire de desconcierto y cerró la boca. Entornó los ojos y apretó los puños. Nunca había tenido una expresión semejante. Era como si se fuese haciendo mayor segundo a segundo. Le apareció una dureza en la mirada que de ordinario no se ve en un niño. Se le formó una gota de sudor barbilla abajo y no se dio cuenta. Siguió donde estaba, los ojos fijos en mí; no habló, su expresión era dura y no cambió.

—No; no sabes cuándo estás de más. Eres demasiado bobo. Como tu nombre. Un cándido total.

Era como si se me hubiera reventado algo dentro. Apagué la luz y me senté en la silla junto a la ventana. Me temblaban las piernas y tenía encima tal cansancio que podría haberme puesto a dar gritos. El cuarto estaba frío y oscuro. Me quedé allí mucho tiempo y fumé un pitillo aplastado que había estado guardando. Fuera, el jardín estaba a oscuras y en silencio. Al cabo de un rato oí que Sucker se tumbaba.

Yo ya no estaba furioso, solo cansado. Me pareció horrible haber hablado de aquella manera a un chico que solo tenía doce años. No conseguía asimilarlo. Me dije que tenía que acercarme a él y tratar de arreglarlo. Pero me quedé donde estaba, sintiendo el frío cada vez más, y dejé pasar mucho tiempo. Planeé la manera de solucionar el problema a la mañana siguiente. Luego, tratando de que no sonaran los muelles del colchón, volví a la cama.

Sucker ya se había ido cuando me desperté al otro día. Y más tarde, cuando quise disculparme como me había propuesto, me miró de aquella nueva manera suya tan dura y fui incapaz de abrir la boca.

Todo eso pasó hace dos o tres meses. Desde entonces Sucker ha crecido más deprisa que ninguno de los chavales que conozco. Es casi tan alto como yo y sus huesos se han hecho más pesados y más grandes. Ha dejado de llevar mi ropa vieja y se ha comprado sus primeros pantalones largos, con tirantes de cuero para sostenerlos. Esos no son más que los cambios que se ven a primera vista y que se pueden expresar con palabras.

Nuestro cuarto ha dejado por completo de ser mío. Sucker reúne en casa a todo un grupo de críos y han fundado un club. Cuando no están cavando trincheras en algún solar y peleándose, están en mi habitación. En la puerta hay una chiquillada escrita con mercurocromo que dice: «Pobre del intruso que cruce este umbral», y la firma son unos huesos cruzados y sus iniciales secretas. Han conseguido una radio y todas las tardes ponen su música a todo volumen. En una ocasión, al volver a casa, oí que uno de los chicos decía algo a voz en grito sobre lo que había visto que pasaba en el asiento de atrás del coche de su hermano mayor. Adiviné lo que no llegué a oír. «Eso es lo que hacen mi hermano y ella. Es la verdad... metidos en el coche.» Por un momento,

Sucker pareció sorprendido y su cara recuperó su antigua expresión. Luego, sus rasgos volvieron a endurecerse. «Claro, estúpido. Menudo descubrimiento.» No se fijaron en mí. Sucker empezó a contarles cómo tenía planeado hacerse trampero en Alaska en un par de años.

Pero la mayor parte del tiempo está solo y entonces nuestras relaciones son aún peores. Se tumba en la cama con los pantalones largos de pana y los tirantes y se limita a mirarme con esa expresión dura, medio desdeñosa. Jugueteo con las cosas que tengo sobre mi mesa, pero no consigo centrarme a causa de esos ojos suyos. Y el caso es que debo estudiar porque me han suspendido en tres asignaturas este trimestre. Si no apruebo inglés, no me graduaré el año que viene. No quiero ser un inútil y todo lo que necesito es ponerme a trabajar. Ni Maybelle ni ninguna otra chica me importan un rábano y ahora el único problema son mis relaciones con Sucker. No hablamos nunca, excepto cuando estamos delante de la familia. Ni siquiera me apetece llamarle ya Sucker y, a no ser que me olvide, utilizo Richard, su verdadero nombre. Por la noche no puedo estudiar con él en el cuarto y acabo en el *drug store*, donde me dedico a fumar y a no hacer nada con los tipos que van allí a perder el tiempo.

Más que nada, lo que quiero es tener de nuevo la conciencia tranquila. Echo de menos la relación divertida y triste que durante un tiempo tuvimos él y yo, y que antes de que sucediera nunca hubiera creído posible. Pero ahora todo es tan distinto que no parece que esté en mi mano arreglarlo. A veces he pensado que si nos desahogásemos con una buena pelea, eso ayudaría. Pero no me puedo pegar con él porque tiene cuatro años menos. Y otra cosa más: a veces esa mirada suya me hace casi creer que, si pudiera, me mataría.

Poldi

La lluvia helada que empezó a caer cuando solo le faltaba una manzana para llegar al hotel dejó sin color las luces que se encendían por entonces a lo largo de Broadway. Hans fijó la mirada en el letrero del Colton Arms, escondió unas hojas pautadas bajo el abrigo y apresuró el paso. Al entrar en el sombrío vestíbulo de mármol, su respiración se había convertido en jadeo y la partitura estaba arrugada.

Sonrió distraídamente al rostro que apareció ante él.

—Tercera planta esta vez.

Siempre se adivinaba la opinión del ascensorista sobre los huéspedes permanentes del hotel. Cuando aquellos por los que sentía el máximo respeto salían en sus pisos respectivos mantenía abierta la puerta unos instantes más en actitud untuosa. Hans tuvo que saltar disimuladamente para que la puerta corredera no le pellizcara los talones.

«Poldi...»

Se detuvo, inseguro, en el corredor mal iluminado. Del fondo le llegó el sonido de un violonchelo que tocaba una serie de frases descendentes que caían una sobre otra sin orden ni concierto, como un puñado de canicas derramándose escaleras abajo. Avanzó hasta la habitación donde sonaba la música y se detuvo un momento delante de la puerta, donde, con una chincheta, estaba clavada una nota escrita con letra temblorosa.

POLDI KLEIN
Se ruega no molestar durante los ensayos

La primera vez que vio aquel escrito, recordó Hans, tenía faltas de ortografía.

La calefacción del hotel apenas calentaba; los pliegues de su abrigo olían a húmedo y dejaban escapar vaharadas de frío. Recostarse sobre el radiador, caliente solo a medias, junto a la ventana del fondo, no le proporcionó ningún alivio.

Poldi: ¡he esperado tanto tiempo...! ¡Y he recorrido tantas veces este pasillo mientras terminabas, pensando en las palabras que quiero decirte! *Gott!* Qué preciosa..., como un poema o un *lied* de Schumann. Empezar así. Poldi...

La mano de Hans se deslizó por el metal oxidado. Cálida, Poldi lo era siempre. ¡Qué no daría por estrecharla entre sus brazos!

Hans, sabes que los otros no han significado nada para mí. Joseph, Nikolay, Harry..., todos los hombres que he conocido. Y este Kurt... *solo tres veces no era posible que ella...* del que he hablado esta última semana... ¡Bah! No son nada todos ellos.

Hans se dio cuenta de que sus manos habían aplastado la música. Al mirar hacia el suelo vio que la última hoja, violentamente coloreada, estaba húmeda y desteñida, pero que a la partitura no le había pasado nada. Material de mala calidad. Qué se le iba a hacer...

Paseó de un extremo a otro del pasillo, restregándose la frente llena de granos. El violonchelo runruneó hacia las alturas en un confuso arpegio. Aquel concierto, el de Castelnuovo-Tedesco, ¿cuánto tiempo iba a seguir ensayándolo? Hans se detuvo y tendió la mano hacia el picaporte. No; se acordó de la vez que entró y Poldi lo miró..., lo miró y dijo...

La música le bailaba, exuberante, en la cabeza. Los dedos se le movieron mientras trataba de transcribir la partitura orquestal al piano. Ahora Poldi estaría inclinada hacia adelante, las manos deslizándose sobre el mástil.

La luz amarillenta de la ventana dejaba a oscuras la mayor parte del corredor. Con un impulso repentino, Hans se arrodilló y trató de ver el interior de la habitación por el ojo de la cerradura.

Solo la pared y el rincón; debía de estar junto a la ventana. Únicamente la pared, con su hilera de fotografías de famosos —Casals; Piatigorsky, el chelista de su país que más le gustaba; Heifetz—, un par de tarjetas del día de San Valentín y felicitaciones de Navidad metidas entre las fotos. Cerca estaba el cuadro llamado *Aurora*, de la mujer descalza alzando una rosa, con el sucio sombrero de papel rosado que le dieron en el cotillón del último Fin de Año y que ella había colocado encima.

La música alcanzó un *crescendo* y concluyó con unos cuantos golpes rápidos. *Ach!* El último, un cuarto de tono desafinado. Poldi...

Se puso en pie deprisa y, antes de que el ensayo continuara, llamó a la puerta.

—¿Quién es?

—Yo... Hans.

—Está bien. Pasa.

Iluminada por la luz insuficiente de la ventana que daba al patio y con las piernas muy separadas para sujetar el violonchelo, Poldi alzó las cejas, expectante, y dejó caer el arco al suelo.

Los ojos de Hans se pegaron a los hilos de lluvia en el cristal de la ventana.

—Solo he venido para enseñarte la nueva canción de moda que vamos a tocar esta noche. La que tú sugeriste.

Poldi se tiró de la falda, que se le había subido por encima del elástico de la media, y el gesto atrajo la mirada de Hans. Las pantorrillas se le marcaban mucho y tenía una pequeña carrera en una media. A Hans los granos de la frente se le enrojecieron todavía más y de nuevo miró furtivamente a la lluvia en la ventana.

—¿Me has oído ensayar desde fuera?

—Sí.

—Dime, Hans, ¿sonaba espiritual?, ¿te ha parecido que la música cantaba y que conseguía elevarte a un plano superior?

Tenía la cara encendida y una gota de sudor le

descendió por el pequeño surco entre los pechos antes de desaparecer bajo el escote del vestido.

—Sí-í.

—Yo también lo creo. Estoy convencida de que he profundizado mucho en mi manera de tocar durante el último mes. —Se encogió de hombros en un gesto de sinceridad—. La vida me hace esas cosas; me sucede siempre que me pasa algo así. Aunque nunca tanto como ahora. Solo después de sufrir tocas de verdad.

—Eso es lo que dicen.

Poldi lo miró un momento con insistencia, como si esperase una confirmación más enérgica, y luego torció la boca enfurruñada.

—El roce, Hans, me está volviendo loca. Conoces esa cosa en *mi* de Fauré; el caso es que la partitura repite esa nota una y otra vez y casi me empuja a la bebida. Llego a tenerle miedo al *mi*, que destaca de una manera terrible. Qué se le va a hacer; aunque la próxima cosa que prepare estará probablemente en esa tonalidad... No; eso no serviría de nada. Además, el arreglo costaría un buen pico y tendría que dejarles el violonchelo unos cuantos días y ¿qué usaría yo? ¿Exactamente qué, me lo quieres decir?

Cuando Hans ganara dinero de verdad, Poldi podría tener...

—No se nota mucho.

—Es una vergüenza, si quieres saberlo. Gente que toca rematadamente mal tiene buenos violonchelos y yo ni siquiera dispongo de uno decente. No es justo que deba conformarme con un roce como ese. Echa a perder mi manera de tocar... Te lo puede decir cualquiera. ¿Cómo voy a sacar un buen sonido de esa caja de zapatos?

Una frase de la sonata que estaba aprendiendo le entró y salió a Hans de la cabeza. «Poldi...» ¿De qué se trataba ahora? *Te quiero te quiero.*

—¿Y por qué me molesto de todos modos, con este trabajo miserable que tenemos?

Se levantó con un gesto teatral y apoyó el instrumento en el rincón más cercano. Cuando encendió la lámpara, el brillante círculo de luz provocó sombras que seguían las curvas de su cuerpo.

—Escucha, Hans, estoy tan angustiada que me dan ganas de gritar.

La lluvia salpicaba la ventana. Hans se restregó la frente y vio cómo Poldi iba y venía por el cuarto. De repente se fijó en la carrera de la media y, con un silbido de desagrado, se mojó un dedo con saliva y se inclinó para trasladar la humedad al extremo inferior de la carrera.

—Nadie tiene tantos problemas con las medias como las chelistas. ¿Y para qué? Por una habitación en el hotel y cinco dólares tengo que tocar tres horas de basura todas las noches de la semana. Necesito comprarme dos pares de medias al mes. Y si una noche solo les enjuago los pies, a la parte de arriba se le hacen carreras de todos modos.

Agarró unas medias que colgaban al lado de un sujetador en la ventana y, después de quitarse las que llevaba puestas, empezó a ponerse las nuevas. Tenía unas piernas muy blancas en las que destacaban algunos pelos oscuros. Y venas azules cerca de las rodillas.

—Perdóname, no te importa, ¿verdad que no? Te veo como mi hermano pequeño, en casa de mis padres. Y nos despedirán si bajo a tocar con medias como esas.

Hans se quedó junto a la ventana y examinó la pared del edificio vecino, desdibujada por la lluvia. Justo frente a él, en el alféizar de una ventana, había una botella de leche y un bote de mayonesa. Debajo, alguien había colgado algo de ropa para secarla y se había olvidado de recogerla; las prendas ondeaban tristemente agitadas por el viento y la lluvia. Hermano pequeño. ¡Lo que le faltaba!

—Y vestidos —continuó Poldi, quejosa—. Todo el tiempo estallan por las costuras porque tienes que separar las rodillas. Pero antes todavía era peor. ¿Me conocías ya cuando todo el mundo llevaba unas faldas muy cortas, y yo lo pasaba tan mal tratando de ser modesta cuando tocaba, sin perder por ello el estilo? ¿Me conocías entonces?

—No —respondió Hans—. Hace dos años, los vestidos eran más o menos como ahora.

—Sí; fue hace dos años cuando nos conocimos, ¿no es cierto?

—Estabas con Harry después del con...

—Escucha, Hans. —Se inclinó hacia adelante y lo miró, imperiosa. La tenía tan cerca que su perfume le llegó con fuerza a las ventanas de la nariz—. He estado como loca todo el día. Es por él, ya sabes.

—¿Quién?

—Sabes perfectamente de quién hablo. De él, ¡de Kurt! Hans, me quiere, ¿no te parece?

—Pero, Poldi..., ¿cuántas veces lo has visto? Apenas os conocéis. —Kurt la había dejado plantada en casa de los Levin cuando ella elogiaba su trabajo y...

—¿Qué importa que solo haya estado tres veces con él? Eso tendría que preocuparme a mí. Pero lo que cuenta es cómo me miró y su manera de hablar de mi interpretación. Tiene un alma extraordinaria. Se nota en su música. ¿Has oído alguna vez la sonata *Marcha fúnebre* de Beethoven tan bien interpretada como aquella noche?

—Estuvo bien...

—Le dijo a la señora Levin que yo tocaba con mucho temperamento.

No era capaz de mirarla; sus ojos grises siguieron enfocados en la lluvia.

—¡Es tan *gemütlich*! *Ein Edel Mensch!* Pero ¿qué posibilidades tengo? ¿Eh, Hans?

—¡Qué sé yo!

—No pongas esa cara tan difícil. ¿Qué harías tú? Hans trató de sonreír.

—¿Has... has sabido algo de él, te ha telefoneado o te ha escrito?

—No..., pero estoy segura de que solo es una cuestión de delicadeza. No quiere que yo me ofenda ni que lo rechace.

—¿No se va a casar con la hija de la señora Levin la primavera próxima?

—Sí. Pero es una equivocación. ¿Qué tiene que ver Kurt con una vaca como esa?

—Pero, Poldi...

Ella se alisó el pelo por detrás, alzando los brazos por encima de la cabeza de manera que sus amplios pechos se tensaron y los músculos de las axilas se marcaron por debajo de la delgada seda del vestido.

—En su concierto, ¿sabes?, tuve la impresión de que estaba tocando solo para mí. Me miró directamente cada vez que saludaba. Esa es la razón de que no respondiera a mi carta; tiene demasiado miedo a herir a alguien y además siempre me puede decir lo que quiera mediante su música.

En el flaco cuello de Hans la marcada nuez subió y bajó mientras tragaba.

—¿Le escribiste?

—Tuve que hacerlo. Una artista no puede contener la cosa más grande que le sucede.

—¿Qué le decías?

—Le dije lo mucho que lo quería; eso fue hace diez días, una semana después de que lo viera en casa de los Levin.

—¿Y no ha contestado?

—No. Pero ¿es que no te das cuenta de lo que siente? Yo sabía que iba a reaccionar así, de manera que anteayer le mandé otra nota diciéndole que no se preocupara, que seré siempre la misma.

Hans se alisó maquinalmente con los dedos el nacimiento del pelo.

—Pero, Poldi..., ha habido tantos..., y eso solo desde que te conozco. —Se levantó y posó un dedo sobre la fotografía inmediata a la de Casals.

El rostro le sonreía. Los labios eran gruesos y estaban coronados por un bigote oscuro. En el cuello tenía una manchita redonda. Dos años antes, Poldi se la había señalado infinidad de veces, explicándole que el sitio donde se colocaba el violín estaba siempre de color rojo furioso. Y contándole además cómo ella se lo acariciaba con el dedo, cómo había decidido llamarlo «Mala Suerte del Violinista» y cómo entre los dos habían acabado por dejarlo en «Mala». Durante unos momentos, Hans se quedó mirando aquella marca poco precisa en la fotografía, preguntándose si estaba de verdad en el retratado o era sencillamente consecuencia de las muchas veces que Poldi le había puesto el dedo encima para mostrárselo.

Los ojos del violinista lo examinaban con mirada penetrante y oscura. Hans notó que le fallaban las rodillas; volvió a sentarse.

—Dime, Hans, me quiere..., ¿no te parece? ¿No crees que me quiere de verdad, pero está esperando a tener la seguridad de que es el buen momento para responder? ¿Verdad que sí?

Una niebla ligera parecía recubrir todos los objetos de la habitación.

—Sí —respondió despacio.

La expresión de Poldi cambió.

—¡Hans!

Se inclinó hacia adelante, estremecido.

—Tienes un aspecto muy raro. Se te mueve la nariz y te tiemblan los labios como si estuvieras a punto de llorar. ¿Qué...?

Poldi...

Una risa repentina se mezcló con el inicio de su pregunta:

—Te pareces a un gatito muy raro que tenía mi papá.

Hans se fue rápidamente hacia la ventana para

que Poldi no le viese la cara. La lluvia todavía se deslizaba cristal abajo, plateada, opaca a medias. Se habían encendido las luces del edificio vecino y brillaban suavemente en el atardecer gris. *Ach!* Hans se mordió el labio. En una de las ventanas parecía que una mujer, alguien como Poldi, estaba en brazos de un hombre alto y fuerte de pelo oscuro. Y en el alféizar de la ventana de enfrente, junto a la botella de leche y al tarro de mayonesa, había un gatito rubio a merced de la lluvia. Despacio, Hans se frotó los ojos con los nudillos huesudos.

El aliento del cielo

Su rostro joven y afilado examinó durante algún tiempo, con gesto insatisfecho, el suave azul del cielo que orlaba el horizonte. Luego, con un estremecimiento de la boca, abierta, descansó de nuevo la cabeza sobre la almohada, se inclinó el jipijapa sobre los ojos y se quedó inmóvil sobre la tumbona de lona a rayas. Sombras ajedrezadas se agitaban sobre la manta que cubría su delgado cuerpo. En los arbustos de reina de los prados, que a poca distancia multiplicaban sus flores blancas, se oía el zumbido de las abejas.

Constance se adormiló por un momento. La despertó el olor asfixiante de la paja caliente del sombrero y la voz de la señorita Whelan.

—Vamos. Aquí tienes tu leche.

Del aturdimiento provocado por el sueño surgió una pregunta que Constance no se proponía hacer, sobre la que ni siquiera había estado pensando de manera consciente.

—¿Dónde está mi madre?

La señorita Whelan sostenía la botella refulgente en sus manos regordetas. Al verterla, la leche hizo una espuma blanca bajo la luz del sol y adornó el vaso de escarcha cristalina.

—¿Dónde...? —repitió Constance, dejando que la palabra se deslizase con su escasa emisión de aliento.

—En algún sitio con tus hermanos. Mick ha armado un alboroto esta mañana sobre trajes de baño. Imagino que han ido al centro a comprarlos.

¡Qué alto hablaba! Lo bastante alto para destrozar las frágiles floraciones de reina de los prados, de manera que miles de diminutos pétalos caerían flotando, en un mágico caleidoscopio de blancura. Blancura silenciosa. Para que ella solo viera las ramas desnudas, espinosas.

—Apuesto a que tu madre se sorprende cuando te vea aquí fuera.

—No —susurró Constance, sin saber la razón de su negativa.

—Yo pensaría que sí. Tu primer día al aire libre y todo eso. Por mi parte, no pensaba que fueras a convencer al médico para que te dejara salir. Sobre todo después de lo mal que lo pasaste anoche.

Constance miró fijamente la cara de la enfermera, la amplitud de su cuerpo vestido de blanco, sus manos plácidamente cruzadas sobre el estómago. Y luego de nuevo su cara, tan rosada y rolliza..., ¿por qué no le resultaban incómodos el peso y el color brillante? ¿Por qué no se le caía a veces cansadamente sobre el pecho...?

El odio hizo que le temblaran los labios y que su respiración se hiciera más superficial, más agitada.

Al cabo de un momento dijo:

—Si puedo hacer casi quinientos kilómetros la semana que viene, todo el camino hasta Mountain Heights, supongo que no me hará daño pasar un ratito en mi propio jardín.

La señorita Whelan movió una mano regordeta para apartarle a Constance el pelo de la cara.

—Vamos, vamos —dijo plácidamente—. El aire de allá arriba será la solución. No seas impaciente. Después de una pleuresía has de tomártelo con calma y tener cuidado.

Constance apretó los dientes con fuerza. «No permitas que llore —pensó—. Por favor, no permitas que esta mujer me vuelva a ver nunca cuando estoy llorando. No dejes que me mire ni que me vuelva a tocar. Por favor, no. Nunca jamás.»

Cuando la enfermera se alejó con toda su gordura a través del césped y volvió a entrar en la casa, Constance se olvidó de llorar. Vio cómo una brisa alta hacía que las hojas de los robles al otro lado de la calle se agitaran al sol con un brillo plateado. Dejó que el vaso de leche le descansara sobre el pecho, doblando la cabeza ligeramente para tomar un sorbo de cuando en cuando.

Al aire libre otra vez. Bajo el cielo azul. Después de inhalar durante tantas semanas, en febriles respiraciones mezquinas, las paredes amarillas de su cuarto. Después de tener que contemplar el pesado pie de cama de su lecho, sintiendo que se caía y le aplastaba el tórax. Cielo azul. Frescor azul que se podía absorber hasta que toda ella estuviera empapada en su color. Miró hacia lo alto hasta que una humedad caliente se le acumuló en los ojos.

Tan pronto como se oyó el ruido del coche en el extremo de la calle, Constance reconoció el resoplido del motor y volvió la cabeza hacia la franja de calzada visible desde donde estaba. El automóvil pareció inclinarse peligrosamente en el giro para entrar por la avenida de la casa y luego se detuvo ruidosamente con una sacudida. El cristal de una de las ventanillas posteriores tenía una grieta y lo habían remendado con una fea cinta adhesiva. Por encima asomaba la cabeza de un perro policía, lengua palpitante, cabeza ladeada.

Mick fue la primera en salir, acompañada del perro.

—¡Mira, mamá! —exclamó con una sana voz infantil que ascendió hasta convertirse casi en grito—. *¡Está fuera!*

La señora Lane pisó el césped y miró a su hija sin expresión, pero tensa. Aspiró a fondo el cigarrillo que sostenía entre dedos nerviosos y lanzó al aire grises jirones de humo que se retorcieron al sol.

—Vaya... —empezó Constance con voz sin entonación.

—Hola, forastera —dijo la señora Lane con crispada alegría—. ¿Quién te ha dejado salir?

Mick sujetaba al perro, que tiraba de la correa.

—¡Mira, mamá! King está tratando de irse con ella. No se ha olvidado de Constance. ¿Ves? La conoce tan bien como a cualquiera... ¿Verdad que sí? Quieto, King, quieto.

—No grites tanto, Mick. Encierra a ese perro en el garaje.

Detrás de su madre y de Mick apareció Howard, su rostro de catorce años, lleno de granos, dominado por la timidez.

—Hola, Cons —murmuró después de una pausa de movimientos inconexos—. ¿Qué tal te encuentras?

Verlos a los tres, a la sombra de los robles, hizo, por alguna razón, que a Constance se le acumulara el cansancio que no había sentido apenas desde que saliera al jardín. Sobre todo Mick, que trataba de sujetar a King con sus robustas piernecitas, aferrándose al cuerpo curvado del perro, que parecía dispuesto a saltarle encima a ella en cualquier momento.

—¿Ves, mamá? King...

La señora Lane movió un hombro, nerviosa.

—Mick... Howard, llévate a ese animal ahora mismo, y hazme caso, enciérralo en algún sitio. —Sus manos esbeltas hicieron un gesto impreciso—. En este mismo instante.

Los niños miraron a Constance de reojo y atravesaron el césped en dirección al porche delantero.

—Bien... —dijo la señora Lane cuando se hubieron marchado—. ¿Te has liado la manta a la cabeza y has salido?

—El médico ha dicho que podía, por fin, y él y la señorita Whelan sacaron esa vieja silla de ruedas del sótano y... me han ayudado.

Las palabras, tantas de una sola vez, la fatigaron. Y cuando jadeó levemente para recobrar el aliento, la tos empezó de nuevo. Se volvió hacia un lado, un pañuelo de papel en la mano, y tosió hasta que el raquítico tallo de hierba en el que había fijado los ojos se grabó indeleblemente, como las grietas en el suelo junto a la cama, en su memoria. Cuando hubo terminado, metió el pañuelo de papel en una caja de cartón junto a la tumbona y miró a su madre, de pie junto al arbusto de reina de los prados, vuelta de espaldas, chamuscando las flores distraídamente con la punta del cigarrillo.

Constance dejó de mirar a su madre para contemplar el cielo azul. Le pareció que tenía que decir algo.

—Me gustaría fumarme un cigarrillo. —Pronunció las palabras despacio, acoplando las sílabas a las dificultades de la respiración.

La señora Lane se volvió. Su boca, cuyas comisuras temblaban ligeramente, se dilató en una sonrisa demasiado alegre.

—¡Eso sí que sería bonito! —Dejó caer el pitillo en la hierba y lo aplastó con el tacón del zapato—. Creo que quizá los suprima yo también durante una temporada. Tengo toda la boca llagada y como peluda, como un gatito sarnoso.

Constance rio débilmente. Cada risa era una pesada carga que la ayudaba a serenarse.

—Madre...

—Sí.

—El médico quería verte esta mañana. Ha dicho que lo llames.

La señora Lane rompió una ramita de reina de los prados y aplastó las flores con los dedos.

—Entraré en casa y hablaré con él. ¿Dónde está la señorita Whelan? ¿Todo lo que hace es sacarte al césped y dejarte sola cuando yo me voy..., a merced de los perros y...?

—No digas eso, madre. Está en casa. Hoy es su tarde libre, acuérdate.

—¿Hoy? Bueno, todavía es por la mañana.

El susurro salió fuera fácilmente acompañado por la respiración.

—Madre...

—Sí, Constance.

—¿Volverás luego? —Miró en otra dirección mientras lo decía; miró el cielo, de un azul febril, ardiente.

—Si tú quieres, saldré.

Constance vio cómo su madre cruzaba el césped y tomaba el sendero de grava que llevaba a la puerta principal. Caminaba tan a saltos como una marioneta. Cada tobillo huesudo se lanzaba rígidamente delante del otro, los delgados brazos huesudos se balanceaban rígidos, el delicado cuello inclinado hacia un lado.

Constance miró de la leche al cielo y de nuevo a la leche.

—Madre —dijeron sus labios, pero todo lo que se oyó fue un cansado suspiro.

Apenas había empezado a beberse la leche. Dos manchas cremosas bajaban desde el borde del vaso, una junto a otra. Había bebido, por tanto, cuatro veces. Dos en la limpieza reluciente, dos más con un escalofrío y los ojos cerrados. Constance giró el vaso un centímetro y dejó que sus labios se hundieran en una parte que no estaba manchada. La leche se le deslizó fresca y soñolienta garganta abajo.

Cuando la señora Lane regresó, se había puesto los guantes blancos para trabajar en el jardín y llevaba unas ruidosas podaderas oxidadas.

—¿Has telefoneado al doctor Reece?

Las comisuras de la boca de la interpelada se movieron infinitesimalmente como si acabara de tragar.

—Sí.

—¿Y...?

—Piensa que lo mejor es... no retrasar la marcha demasiado. Tanto esperar... Cuanto antes te instales, mejor será.

—¿Cuándo, entonces? —Sintió que le temblaba el pulso en las puntas de los dedos como una abeja en una flor; que vibraba sobre el cristal frío.

—¿Qué te parece pasado mañana?

Notó que su respiración se acortaba hasta convertirse en jadeos calientes, ahogados. Asintió con la cabeza.

Desde la casa llegó el sonido de las voces de Mick y de Howard. Parecían discutir sobre los cinturones de sus trajes de baño. Las palabras de Mick se transformaron en un grito. Y luego los ruidos se calmaron.

Por eso lloraba casi. Pensaba en el agua, en mirar sus grandes remolinos color de jade, en sentir su frescor en sus extremidades sudorosas, en atravesarla con largas brazadas sin esfuerzo. Agua fresca, del color del cielo.

—¡Me siento tan sucia...!

La señora Lane inmovilizó las podaderas. Sus cejas se alzaron temblorosas sobre las blancas floraciones que sostenía.

—¿Sucia?

—Sí, sí. No me he metido en una bañera desde... hace tres meses. Estoy harta de que solo se me pase una esponja..., y con tacañería...

Su madre se agachó para recoger del césped el envoltorio de un dulce, lo miró desconcertada durante un momento y después lo dejó caer de nuevo en el césped.

—Quiero ir a nadar..., sentir la frialdad del agua. No es justo..., no es justo que no pueda.

—Calla —dijo la señora Lane con un susurro malhumorado—. Calla, Constance. Es absurdo que te preocupes por tonterías.

—Y mi pelo... —Se llevó la mano al nudo grasiento que le sobresalía en la nuca—. No lo he lavado con agua desde... hace meses..., pelo asqueroso que va a acabar por volverme loca. No me importa soportar la pleuresía y los drenajes y la tuberculosis, pero...

La señora Lane apretaba tanto las flores que tenía en la mano que se doblaron sin fuerza unas sobre otras como avergonzadas.

—Calla —repitió con voz apagada—. No hace ninguna falta que te pongas así.

El cielo ardía brillante: llamas azul azabache. Asfixiante y asesino para el aire.

—Quizá si me lo cortara...

Las podaderas se cerraron despacio.

—Escucha, si quieres que lo haga..., supongo que te lo podría cortar. ¿De verdad lo quieres corto?

Constance torció la cabeza y alzó con dificultad una mano para tirar de las horquillas de bronce.

—Sí, muy corto. Quítamelo todo.

Frío y húmedo, el pesado pelo castaño, una vez suelto, colgaba muchos centímetros por debajo de la almohada. Vacilante, la señora Lane se inclinó y se apoderó de un mechón. Las hojas de la podadera, con un brillo cegador bajo el sol, empezaron a cortarlo despacio.

Mick apareció de repente por detrás de los arbustos de reina de los prados. Sin otra ropa que el pantalón de baño, brillaba al sol su rollizo tórax de un blanco sedoso. Inmediatamente por encima del redondo estómago de niña se dibujaban dos pequeños michelines.

—¡Mamá! ¿Se lo estás cortando tú?

La señora Lane, con gesto crispado, se quedó mirando el pelo que tenía en la mano.

—Buen trabajo —dijo alegremente—. Sin trasquilones en torno al cuello, espero.

—No —dijo Constance, mirando a su hermana pequeña.

La niña extendió una mano abierta.

—Dámelo, mamá. Me servirá para rellenar un precioso almohadoncito para King. Puedo...

—No se te ocurra dejarle que toque esa porquería —dijo Constance sin abrir apenas la boca. Con una mano se revisó los tiesos mechones sueltos en torno al cuello y luego se recostó cansadamente y se puso a arrancar césped.

La señora Lane se agachó, retiró las flores blancas del periódico donde las había colocado, envolvió el pelo y dejó el bulto en el suelo, detrás de la tumbona de la enferma.

—Me lo llevaré cuando entre...

Las abejas zumbaban sobre la cálida quietud. La sombra se había espesado y las manchas oscuras que antes se agitaban junto a los robles estaban inmóviles ya. Constance se bajó la manta de viaje hasta las rodillas.

—¿Le has dicho a papá que me voy a ir tan pronto?

—Sí, le he telefoneado.

—¿A Mountain Heights? —preguntó Mick, mientras se sostenía en equilibrio, primero con una pierna desnuda y luego con la otra.

—Sí, Mick.

—Mamá, ¿no es ahí donde fuisteis a ver al tío Charlie?

—Sí.

—¿No nos mandó desde ahí unos dulces de cacto, hace ya mucho tiempo?

Arrugas, delgadas y grises como una tela de araña, se extendieron por la piel pálida en torno a la boca y los ojos de la señora Lane.

—No, Mick. Mountain Heights está solo al otro lado de Atlanta. Aquello era en Arizona.

—Tenían un gusto muy raro —comentó Mick.

La señora Lane empezó de nuevo a cortar las flores con apresurados tijeretazos.

—Me... me parece que oigo aullar a ese perro vuestro en algún sitio. Ve a ocuparte de él, anda, Mick.

—No oyes a King, mamá. Howard le está enseñando a dar la mano en el porche de atrás. No me obligues a irme, por favor. —Se cubrió con las manos la suave redondez del estómago—. ¡Mira! No has dicho nada sobre mi traje de baño. ¿Verdad que me sienta bien, Constance?

La enferma miró los ansiosos músculos flexionados de la niña que tenía delante y luego volvió a mirar al cielo. Dos palabras se le formaron, inaudibles, en los labios.

—¡Vaya! Tengo que darme prisa y entrar. ¿Sabéis que nos están haciendo caminar por una especie de zanja para que este año no nos duelan los dedos de los pies? ¿Y que han instalado un tobogán nuevo?

—Obedéceme ahora mismo, Mick, y entra en casa.

La niña miró a su madre y echó a andar atravesando el césped. Al alcanzar el sendero que llevaba hasta la puerta hizo una pausa y, protegiéndose de la luz del sol con la mano, se volvió para mirarlas.

—¿Nos iremos pronto? —preguntó, más contenida.

—Sí; coge tus toallas y estate preparada.

Durante varios minutos ni la madre ni la hija dijeron nada. La señora Lane se movía espasmódicamente de los arbustos de reina de los prados a las flores de brillantes colores que bordeaban la entrada para vehículos, asestando precipitados tijeretazos a los capullos, mientras las sombras oscuras de sus pies la perseguían con la rechonchez característica del mediodía. Constance la vigilaba con ojos medio cerrados por el resol, con las huesudas manos sobre la dinamo retumbante y llena de burbujas que era su pecho. Finalmente, dio forma a las palabras con sus labios y las dejó salir:

—¿Voy a ir allí arriba yo sola?

—Por supuesto, cariño. Te subiremos a una bicicleta y te daremos un empujón...

Constance aplastó con la lengua una cadena de flemas para no tener que escupirla y pensó en repetir la pregunta.

No había más flores que se pudieran cortar. La madre miró de reojo a su hija por encima del ramo que abrazaba, mientras su mano de venas azules cambiaba de posición sobre los tallos.

—Escucha, Constance... El club de jardinería tiene hoy una celebración de algún tipo. Todo el mundo se reúne a almorzar en el club y luego van a ir al jardín de alguien, uno que tiene rocas y plantas alpinas. He pensado que si me llevo a tus hermanos pequeños..., no te importa que vaya, ¿verdad que no?

—No —dijo Constance al cabo de un momento.

—La señorita Whelan ha prometido quedarse. Mañana quizá...

Constance pensaba todavía en la pregunta que tenía que repetir, pero las palabras se le pegaban a la garganta como pegajosas bolitas de mucosidad y le pareció que si trataba de expulsarlas, lloraría. Lo que dijo en cambio, sin motivo especial, fue:

—Preciosas.

—¿Verdad que sí? En especial la reina de los prados, tan grácil y blanca.

—Ni siquiera sabía que hubieran empezado a florecer hasta que he salido.

—¿No lo sabías? Te puse algunas en un jarrón la semana pasada.

—En un jarrón... —murmuró Constance.

—De noche, sobre todo. Es el momento de verlas. Anoche me quedé junto a la ventana..., y estaban iluminadas por la luna. Ya sabes lo blancas que están las flores a la luz de la luna...

De repente Constance alzó sus ojos brillantes hasta los de su madre.

—Te oí —dijo, medio acusadoramente—. En el vestíbulo, arriba y abajo. Tarde. En el cuarto de estar. Y me pareció que oía abrirse y cerrarse la puerta de la calle. Y una vez cuando estaba tosiendo miré por la ventana y me pareció ver un vestido blanco de aquí para allá por el césped como un fantasma..., como un...

—¡Calla! —dijo su madre con una voz tan llena de aristas como un cristal astillado—. Calla. Hablar es tan... agotador.

Era el momento de la pregunta, como si su garganta se hubiera hinchado con sus sílabas ya maduras.

—¿Voy a ir sola a Mountain Heights, o con la señorita Whelan, o...?

—Voy a ir yo contigo. Te llevaré en el tren. Y me quedaré unos días hasta que te encuentres a gusto.

Su madre estaba de espaldas al sol, y detenía en parte el resplandor, de manera que pudo mirarla a los ojos. Eran del color del cielo con el frescor de la mañana. Ahora la miraban con una extraña quietud, una placidez vacía. Azules como el cielo antes de que el sol lo haya quemado hasta un fulgor gaseoso. Constance la miró con los labios separados, temblorosos, escuchando el ruido que le hacía la respiración.

—Madre...

El final de la palabra quedó ahogado por el primer estallido de tos. Se inclinó hacia un lado de la tumbona, sintiendo los golpes en el pecho como mazazos surgidos de algún lugar desconocido en su interior. Llegaron, uno tras otro, con idéntica fuerza. Y cuando se liberó del último, siempre en sordina, estaba tan cansada que se recostó con entregada flacidez sobre el brazo de la tumbona, preguntándose si tendría alguna vez la fuerza suficiente para alzar la cabeza y superar el mareo que sentía.

Durante el minuto de jadeos que siguió, los ojos que aún tenía delante se dilataron hasta cubrir la inmensidad del cielo. Constance miró, respiró, y se esforzó por mirar de nuevo.

La señora Lane se había dado la vuelta. Pero al cabo de un momento su voz resonó, amargamente llena de vida.

—Hasta luego, corazón... Me marcho ya. La señorita Whelan saldrá dentro de un minuto y será mejor que entres en seguida en casa. Adiós...

Mientras cruzaba el césped, Constance creyó advertir que un leve estremecimiento sacudía los hombros de su madre: un movimiento tan perceptible como el de una copa de cristal a la que se golpea con demasiada fuerza.

La señorita Whelan se mantuvo plácidamente en su línea de visión cuando se marchaban su madre y sus hermanos. Solo llegó a vislumbrar los cuerpos medio desnudos de Howard y de Mick y las toallas con que mutuamente se azotaban alegremente el trasero. Y a King, la boca jadeante asomada por encima del cristal astillado de la ventanilla del coche con su deprimente cinta adhesiva. Pero oyó perfectamente la excesiva aceleración del motor, la violenta protesta de la caja de cambios al salir el coche marcha atrás desde el garaje. E incluso después de que el último sonido del motor se difuminara en el silencio, era como si todavía pudiera ver el blanco rostro de su madre, siempre tenso, inclinado sobre el volante...

—¿Qué sucede? —preguntó, apacible, la enfermera—. Confío en que no te duela otra vez el costado.

Constance agitó dos veces la cabeza sobre la almohada.

—Ya verás. Una vez que ya estés dentro de casa te encontrarás perfectamente.

Sus manos, tan flácidas y descoloridas como sebo, descendieron sobre la caliente humedad que le corría por las mejillas. Y Constance nadó sin respirar en un azul tan amplio e indiferente como el del cielo.

Wunderkind

Entró en el cuarto de estar, con la carpeta de la música golpeándole contra las piernas con medias de invierno y el otro brazo caído por el contrapeso de los libros de clase; se quedó quieta un momento escuchando los sonidos que venían del estudio. Una procesión suave de acordes de piano y el afinar de un violín. Luego el señor Bilderbach la llamó con su voz gutural y pastosa:

—¿Eres tú, Bienchen?

Al tirar de sus mitones vio que sus dedos se contraían con los movimientos de la fuga que había estado estudiando esa mañana.

—Sí —contestó—. Soy yo.

—Un momento.

Se oía hablar al señor Lafkowitz; sus palabras se devanaban en un murmullo sedoso e ininteligible. Una voz casi de mujer, pensó, comparada con la del señor Bilderbach. La inquietud dispersó su atención. Manoseó el libro de geometría y *Le Voyage de*

Monsieur Perrichon antes de dejarlos sobre la mesa. Se sentó en el sofá y empezó a sacar de la carpeta sus papeles de música. Se miró otra vez las manos, los tendones palpitantes que bajaban tensos de los nudillos, la herida de un dedo enfundada en una cintita enrollada y sucia. Al verla, se agudizó el miedo que le había empezado a atormentar en los últimos meses.

En voz baja se murmuró a sí misma unas palabras de aliento. Una buena lección, como antes. Cerró los labios cuando oyó el ruido pesado de los pasos del señor Bilderbach atravesando el suelo del estudio y el crujido de la puerta al abrirse.

Por un momento tuvo la extraña sensación de que, durante los quince años de su vida, la mayor parte del tiempo se la había pasado mirando el rostro y los hombros que sobresalían ahora por detrás de la puerta, en un silencio que solo rompía el pellizcar asordinado y ausente de una cuerda de violín. El señor Bilderbach. Su profesor, el señor Bilderbach. Los ojos vivos detrás de las gafas con montura de concha, el pelo suave y claro, y, debajo, la cara estrecha; los labios gruesos y cerrados con suavidad, el de abajo rosa y brillante de mordérselo con los dientes; las venas bifurcadas en las sienes latiendo tan claramente que se las podía ver desde el otro lado de la habitación.

—¿No has venido un poco temprano? —le preguntó echando una mirada al reloj de la chimenea, que, desde hacía un mes, señalaba las doce y cinco—. Ahí está Josef. Estamos mirando una sonatina de uno que él conoce.

—Muy bien —dijo ella tratando de sonreír—. La escucharé.

Le parecía ver sus dedos hundiéndose impotentes en una confusión de teclas de piano. Se sintió cansada, sintió que si él la seguía mirando mucho rato le temblarían las manos.

Él se quedó indeciso en mitad de la habitación. Apretó los dientes con fuerza en el labio inferior, hinchado y brillante.

—¿Tienes hambre, Bienchen? —preguntó—. Hay un poco de pastel de manzana que ha hecho Anna, y leche.

—Esperaré a después —dijo ella—. Gracias.

—Cuando termines de dar una clase muy buena, ¿eh? —Su sonrisa pareció desmigarse por las comisuras.

Se oyó un ruido detrás de él en el estudio y el señor Lafkowitz empujó la otra hoja de la puerta y se quedó quieto a su lado.

—¿Qué hay, Frances? —dijo sonriendo—. Y ¿qué tal va el trabajo?

Sin quererlo, Lafkowitz la hacía siempre sentirse sin gracia, desgarbada. Era un hombre pequeñito, de aspecto fatigado cuando no sostenía el violín. Las cejas se curvaban muy altas sobre su cara cetrina de judío, como preguntando algo, pero los párpados se cerraban lánguidos e indiferentes. Hoy tenía un aire distraído. Le miró entrar en la habitación sin propósito visible, sosteniendo el arco con incrustaciones de nácar entre sus dedos tranquilos y haciendo pasar las crines blancas por el pedazo de resina. Hoy tenía los ojos como hendiduras agudas y brillantes y el pañuelo de hilo que le asomaba por el cuello oscurecía sus ojeras.

—Supongo que estás trabajando mucho ahora —sonrió el señor Lafkowitz, aunque ella no había contestado a su pregunta.

Ella miró al señor Bilderbach y él se volvió. Sus hombros pesados empujaron la puerta abriéndola y el último sol de la tarde entró por la ventana del estudio, una línea amarilla por el cuarto de estar polvoriento. Detrás de su profesor podía ver el largo piano agazapado, la ventana y el busto de Brahms.

—No —contestó ella a Lafkowitz—, lo estoy haciendo muy mal. —Sus dedos delgados aletearon por las hojas de música—. No sé lo que me pasa —dijo mirando la espalda musculosa e inclinada del señor Bilderbach, que estaba en tensión escuchando.

El señor Lafkowitz sonrió.

—Me parece que hay veces que uno...

Sonó en el piano un acorde duro.

—¿No cree que sería mejor que siguiéramos con esto? —preguntó el señor Bilderbach.

—En seguida —dijo Lafkowitz dándole al arco otra pasada antes de dirigirse a la puerta. Pudo verle recoger su violín de encima del piano. Él la vio y bajó el instrumento—. ¿Has visto el retrato de Heime?

Sus dedos se agarraron con fuerza a los bordes agudos de la carpeta.

—¿Qué retrato? —preguntó.

—Uno de Heime en el *Musical Courier* que está ahí en la mesa. Detrás de la cubierta.

Empezó la sonatina. Discordante, pero de todas maneras sencilla. Vacía, pero con un estilo propio bien cortado. Frances tomó la revista y la abrió.

Ahí estaba Heime, en el ángulo de la izquierda. Sostenía el violín con los dedos curvados hacia abajo sobre las cuerdas, para el *pizzicato*. Con sus pantalones bombachos oscuros sujetos con cuidado bajo las rodillas y un jersey de cuello alto. Era una foto mala. Aunque estaba de perfil, sus ojos se volvían hacia el fotógrafo y parecía que el dedo iba a equivocarse de cuerda. Parecía sufrir por tener que volverse hacia el aparato fotográfico. Estaba más delgado (la tripa ya no le sobresalía), pero no había cambiado mucho en esos seis meses. «Heime Israelsky, joven violinista de talento, fotografiado mientras ensaya en el estudio de su profesor en Riverside Drive. El joven maestro Israelsky, que pronto cumplirá quince años, ha sido invitado a tocar el *Concierto* de Beethoven...»

A ella, esa mañana, después de estudiar de seis a ocho, su padre la había hecho sentarse con la familia a desayunar. Odiaba el desayuno; luego se quedaba como marcada. Prefería esperar y comprarse cuatro barras de chocolate con sus veinte centavos del almuerzo y comérselas durante la clase, sacándolas a pedacitos del bolsillo, debajo del pañuelo, y parándose en seco cada vez que el papel de plata hacía ruido. Pero aquella mañana su padre le había puesto un huevo frito en el plato, y sabía que, si se rompía y el amarillo viscoso se escurría sobre el blanco, lloraría. Y había pasado eso. Esa sensación le venía también ahora. Dejó otra vez la revista con cuidado y cerró los ojos.

La música del estudio parecía buscar violentamente y sin gracia ninguna algo que no se podía lograr. Un momento después sus pensamientos se alejaron de Heime y el concierto y la foto, y revolotearon otra vez en torno a la lección. Se tumbó en el sofá hasta que pudo ver bien el estudio: los dos tocando, escudriñando las anotaciones sobre el piano, sacando con afán todo lo que estaba allí escrito.

No podía olvidar el recuerdo de la cara del señor Bilderbach cuando la había mirado un rato antes. Sus manos, que todavía se crispaban inconscientemente con los movimientos de la fuga, se agarraban a sus rodillas huesudas. Cansada, eso es lo que estaba. Y con aquella sensación de hundirse y disolverse en ondas, como la que le venía tan a menudo antes de echarse a dormir por la noche cuando había estudiado demasiado. Como aquellos medio sueños fatigosos que zumbaban y la arrastraban en sus torbellinos.

Una niña prodigio, *Wunderkind, Wunderkind.* Las sílabas le venían rodando a la manera alemana, le golpeaban contra los oídos y luego se hacían un murmullo. Y con los rostros girando, hinchándose hasta la distorsión, achicándose en pálidas burbujas. El señor Bilderbach, la señora Bilderbach, Heime, el señor Lafkowitz. Dando vueltas y más vueltas en círculo en torno al gutural *Wunderkind.* Y el señor Bilderbach, enorme en mitad del círculo, su rostro apremiante, y todos los demás a su alrededor.

Frases musicales balanceándose locamente. Notas que había tocado cayendo unas sobre otras como un puñado de canicas escaleras abajo. Bach, Debussy, Prokofiev, Brahms... llevando el compás grotescamente con el último latido de su cuerpo cansado y el círculo zumbante.

Algunas veces, cuando no había estudiado más de tres horas, o no había ido al instituto, los sueños no eran tan confusos. La música se remontaba con claridad en su cabeza y volvían pequeños recuerdos, rápidos y precisos, claros como esa ñoña estampita, *La edad de la inocencia*, que Heime le había dado al terminar el concierto en que tocaron juntos.

Wunderkind, Wunderkind. Esto era lo que el señor Bilderbach la había llamado cuando, a los doce años, fue a su estudio por primera vez. Los alumnos mayores lo habían repetido.

No que el señor Bilderbach se lo hubiera dicho nunca a ella. «Bienchen...» (ella tenía un nombre corriente, pero él lo usaba solamente cuando cometía equivocaciones muy grandes). «Bienchen —solía decir—. Sé que debe de ser terrible llevar todo el tiempo una cabeza tan cargada. Pobre Bienchen...»

El padre del señor Bilderbach fue un violinista holandés. Su madre era de Praga. Él había nacido en esa ciudad y había pasado su juventud en Alemania. ¡Cuántas veces había deseado ella no haber nacido y haberse criado simplemente en Cincinnati! «¿Cómo se dice "queso" en alemán, señor Bilderbach?» «¿Cómo es en holandés "no lo entiendo"?»

El primer día fue ella al estudio. Tocó toda la *Rapsodia húngara n.º 2* de memoria. El cuarto ensombreciéndose con el crepúsculo. El rostro del señor Bilderbach al encorvarse sobre el piano.

—Ahora empezaremos todo otra vez —dijo aquel

primer día—. Esto, tocar música, es algo más que una habilidad. Que los dedos de una niña de doce años cubran tantas teclas en un segundo no quiere decir nada. —Se golpeó con su mano grandota el pecho ancho y la frente—: Aquí y aquí. Eres lo bastante mayor para entenderlo. —Encendió un cigarrillo y le sopló bromeando el humo sobre la cabeza—. Trabajar, trabajar, trabajar. Vamos a empezar ahora con estas *Invenciones* de Bach y estas piezas de Schumann. —Se movieron otra vez sus manos, ahora para tirar de la cadenilla de la lámpara que estaba detrás de ella y señalar la música—. Te voy a enseñar cómo quiero que estudies esto. Escucha con atención.

Había estado al piano casi tres horas y se sentía muy cansada. La voz honda del señor Bilderbach sonaba como si vagase dentro de ella desde hacía mucho tiempo. Quería alcanzar y tocar sus dedos flexibles y musculosos que señalaban las frases; quería sentir el anillo fulgurante y su mano velluda y fuerte.

Tenía clase los martes después del instituto y los sábados por la tarde. Muchas veces se quedaba después de terminar la lección del sábado y cenaba y dormía con ellos y a la mañana siguiente tomaba el tranvía para su casa. La señora Bilderbach la quería a su manera tranquila, casi en silencio. Era muy diferente de su marido. Era pacífica, gorda y lenta. Cuando no estaba en la cocina haciendo alguno de los ricos platos que a los dos les gustaban tanto, parecía pasarse todo el tiempo arriba, en su cama, leyendo revistas o, simplemente, mirando a la nada con una semisonrisa. Cuando se casaron en Alemania, ella se dedicaba a cantar *lieder*. Ya no volvió a cantar (decía que era por la garganta). Cuando el señor Bilderbach iba a la cocina a llamarla para que escuchara a un alumno, sonreía siempre y decía que estaba *gut*, muy *gut*.

Cuando Frances tenía trece años, se le ocurrió un día que los Bilderbach no tenían hijos. Le pareció extraño. Una vez estaba con la señora Bilderbach en la cocina cuando llegó del estudio él, en tensión, furioso contra algún alumno que le fastidiaba. Ella siguió batiendo la sopa espesa, hasta que el señor Bilderbach, con su mano, como a tientas, se apoyó en su hombro. Entonces se volvió, con aire plácido, mientras él la abrazaba y escondía su cara seca en la carne blanca y sin nervios de su cuello. Así estuvieron sin moverse. Luego él levantó bruscamente la cara, en la que la ira se había cambiado en una tranquila falta de expresión, y volvió a su estudio.

Desde que había empezado con el señor Bilderbach, no tenía tiempo de ver a la gente del colegio, y Heime había sido el único amigo de su edad. Era alumno del señor Lafkowitz e iba con él a casa del señor Bilderbach las tardes en que ella estaba allí. Oían tocar a sus profesores y, a veces, también ellos dos hacían juntos música de cámara, sonatas de Mozart o Bloch.

Wunderkind, Wunderkind.

Heime era un «niño prodigio». Él y ella luego.

Heime tocaba el violín desde los cuatro años. No tenía que ir al colegio, el hermano del señor Lafkowitz, que era tullido, le enseñaba por las tardes geometría, la historia de Europa y los verbos franceses. A los trece años tenía una técnica como el mejor violinista de Cincinnati, todo el mundo lo decía. Pero tocar el violín debe de ser más fácil que el piano. Estaba segura de que lo era.

Heime parecía oler siempre a pantalones de pana, a la comida que había tomado y a resina. Casi siempre, también, tenía las manos sucias alrededor de los nudillos y los puños de la camisa le salían grisáceos por las mangas del jersey. Ella le miraba siempre las manos cuando tocaba: flacas solamente en las articulaciones, con duras burbujitas de carne rebosando encima de las uñas raspadas, y el pliegue, tan niño, que se le notaba en la muñeca arqueada.

Lo mismo dormida que despierta, podía recordar el concierto solo en una nebulosa. No supo hasta algunos meses después que ella no había tenido éxito. Era verdad que los periódicos habían alabado a Heime más que a ella. Pero él era más pequeño. Cuando estaban de pie, juntos, en el escenario, él le llegaba solo a los hombros. Y eso para la gente hacía mucho, ya se sabe. También había aquello de la sonata que tocaron juntos. La de Bloch.

—No, no. No creo que esto sea lo apropiado —había dicho el señor Bilderbach cuando sugirieron lo de Bloch para finalizar el concierto—. Mejor eso de John Powell, la *Sonata virginalesca*.

Ella no lo había comprendido entonces; quería que fuera la de Bloch, igual que el señor Lafkowitz y Heime.

El señor Bilderbach había cedido. Después, cuando en las reseñas dijeron que le faltaba temperamento para esa clase de música, después que llamaron a su manera de tocar floja y sin sentimiento, se sintió defraudada.

—Eso de *oi-oi* —dijo el señor Bilderbach dándole con los periódicos— no es para ti, Bienchen. Deja eso para los Heime, los *witzes* y los *eskis*.

Una niña prodigio. No importaba qué dijeran los periódicos; eso era lo que él la había llamado. ¿Por qué Heime lo había hecho mucho mejor que ella en el concierto? En el colegio, a veces, cuando debería estar mirando al que resolvía el problema de geometría en la pizarra, la pregunta se revolvía como un cuchillo dentro de ella. Pensaba en ello en la cama y, a veces, hasta cuando debería estar concentrada en el piano. No era culpa de Bloch ni de que ella no fuera judía; no del todo, por lo menos. ¿Sería que Heime no tenía que ir al colegio y había empezado a tocar tan pequeño? ¿Sería...?

Por fin pensó que ya sabía el porqué.

—Toca la *Fantasía y fuga* —le había dicho el señor Bilderbach una tarde hacía un año, después de que él y el señor Lafkowitz habían terminado de leer algo de música juntos.

Mientras tocaba, le pareció que Bach le salía bien. Con el rabillo del ojo podía ver la expresión tranquila y contenta del rostro del señor Bilderbach, podía verle levantar las manos de los brazos de la silla en los momentos culminantes y luego dejarlas caer satisfechas, cuando los puntos cumbre de las frases habían salido bien. Ella se levantó del piano al terminar la pieza, tragando como para aflojar las ligaduras que la música parecía haberle atado alrededor de la garganta y del pecho. Pero...

—Frances —había dicho entonces el señor Lafkowitz, mirándola de pronto con una curva en su boca fina y sus ojos casi cubiertos por sus pestañas delicadas—. ¿Sabes cuántos hijos tenía Bach?

Ella se volvió intrigada:

—Muchos, veintitantos...

—Bien, entonces... —los bordes de su sonrisa se marcaban suavemente en su cara pálida—. Entonces... no podía ser tan frío.

Al señor Bilderbach esto no le gustó; su refulgencia gutural de palabras alemanas parecía dejar oír *Kind* en alguna parte. El señor Lafkowitz levantó las cejas. Ella se había dado cuenta, pero quiso guardar un rostro inexperto y sin expresión porque era como al señor Bilderbach le gustaba verla.

Pero estas cosas no tenían nada que ver. No importaban mucho por lo menos, porque ya se haría mayor. El señor Bilderbach lo comprendía y, después de todo, tampoco el señor Lafkowitz había dicho en serio lo que dijo.

En sus sueños, el rostro del señor Bilderbach se ensanchaba y se contraía en el centro de un círculo en torbellino, los labios alzándose suavemente, las sienes insistiendo.

Pero, a veces, antes de dormirse, había recuerdos tan claros como cuando se remetió un agujero que tenía en la media para que lo tapara el zapato.

—¡Bienchen, Bienchen! —Y el traer la señora Bilderbach la cesta de la costura enseñándole cómo se zurcía y no eso de apretarlo todo en un montón arrebujado.

Y cuando se examinó de grado medio en el instituto:

—¿Qué te vas a poner? —le preguntó la señora

Bilderbach el domingo por la mañana, durante el desayuno, cuando ella les contó cómo habían ensayado la entrada en el salón de actos.

—Un traje de noche que se puso el año pasado mi prima.

—¡Ay, Bienchen! —dijo él dando vueltas con sus pesadas manos a la taza de café, mirándola, con pliegues alrededor de sus ojos risueños—. Apuesto a que sé lo que quiere Bienchen...

Él insistió. No le creyó cuando ella le dijo que, de verdad, no le importaba nada.

—Así, Anna —dijo, empujando la servilleta al otro lado de la mesa. Y cruzó la habitación con andares afectados, moviendo las caderas y girando los ojos detrás de las gafas de concha.

El sábado siguiente por la tarde, después de la clase, se la llevó a los almacenes de la ciudad. Sus dedos gruesos acariciaban los tejidos finos y los organdíes crujientes que las dependientas sacaban de sus perchas. Le ponía los colores junto a la cara, torciendo la cabeza a un lado, y escogió el rosa. También se acordó de los zapatos. Prefirió unos zapatos blancos de niña. A ella le parecieron un poco de señora vieja, y la etiqueta con la cruz roja en el talón les daba un aire de beneficencia. Pero no importaba. Cuando la señora Bilderbach empezó a acortarlo y a sujetarlo con alfileres, el señor Bilderbach interrumpió la clase para verlo y sugerir fruncidos en las caderas y en el cuello y una rosa de fantasía en el hombro. La música iba saliendo bien. Los trajes y la fiesta de fin de curso y demás no cambiaban nada.

Nada importaba mucho, excepto tocar la música como había que tocarla, haciendo salir lo que tenía dentro, tocando y tocando, hasta que el rostro del señor Bilderbach perdiera algo de su mirada apremiante. Poniendo en la música lo que ponían Myra Hess, Yehudi Menuhin... ¡incluso Heime!

¿Qué le había empezado a pasar en los últimos cuatro meses? Las notas comenzaban a salir con una entonación muerta y rota. La adolescencia, pensó. Algunos niños prometen tocando y tocan y tocan hasta que, como ella, cualquier bobada les hace llorar. Y se cansan queriendo sacarlo bien, y están anhelando algo; algo extraño iba a pasar. ¡Pero ella no! Ella era como Heime. Tenía que serlo. Ella...

En otro tiempo, era seguro que tenía ese don. Y esas cosas no se pierden. *Wunderkind... Wunderkind...*, había dicho de ella el señor Bilderbach, arrastrando las palabras a la segura y profunda manera alemana. Y en los sueños más profundamente aún, más cierta que nunca. Con su cara como un espejismo ante ella, y las anhelantes frases musicales mezcladas en el zumbante girar y girar. *Wunderkind, Wunderkind...*

Aquella tarde, el señor Bilderbach no acompañó al señor Lafkowitz hasta la puerta, como de costumbre. Se quedó en el piano, apretando con suavidad una nota solitaria. Escuchando, Frances miró al violinista enrollarse la bufanda alrededor de la garganta pálida.

—Una buena fotografía de Heime —dijo ella cogiendo sus papeles de música—. Me escribió una carta hace un par de meses contándome que había oído a Schnabel y a Huberman, y sobre el Carnegie Hall y lo que se come en la sala de té rusa.

Para retrasar un poco más su entrada en el estudio, esperó hasta que el señor Lafkowitz se dispuso a marchar y se quedó detrás de él hasta que abrió la puerta. El frío helado de fuera entró cortante en la habitación. Se hacía tarde y el aire estaba teñido del amarillo pálido del atardecer del crepúsculo invernal. Al girar la puerta en los goznes, la casa parecía más oscura y más silenciosa que nunca.

Cuando ella entró en el estudio, el señor Bilderbach se levantó del piano y, en silencio, la miró sentarse al teclado.

—Bien, Bienchen —dijo—. Esta tarde vamos a empezar otra vez de nuevo. Desde el principio. Olvida estos últimos meses.

Parecía como si tratara de representar un papel en una película. Balanceaba su cuerpo sólido y se frotaba las manos, y hasta sonrió de una manera satisfecha, cinematográfica. Luego, de pronto, dejó esta actitud de manera brusca. Dejó caer sus hombros pesados y empezó a mirar el montón de música que ella había traído.

—Bach... no, todavía no, no —murmuró—. ¿Beethoven? Sí, la *Sonata con variaciones, op. 26*. —Las teclas del piano la aprisionaban, tiesas y blancas como muertas.

—Espera un momento —dijo él. Estaba de pie, en la curva del piano, apoyado de codos, mirándola—. Hoy espero algo de ti. Esta sonata es la primera sonata de Beethoven que estudiaste. No te falla ni una sola nota técnicamente; no tienes que preocuparte más que de la música. Eso es todo lo que tienes que pensar.

Recorrió las páginas del tomo hasta que encontró dónde estaba. Luego empujó su silla hasta la mitad de la habitación, le dio la vuelta y se sentó a horcajadas, apoyándose en el respaldo.

Por alguna razón, ella sabía que esta postura de él tenía un buen efecto en su actuación. Pero sentía que hoy iba a verle con el rabillo del ojo y que se distraería. El señor Bilderbach estaba sentado, tieso, con las piernas en tensión. El pesado libro parecía balancearse peligrosamente sobre el respaldo de la silla. «Vamos ya», dijo él lanzando un disparo de sus ojos hacia ella.

Ella curvó las manos sobre las teclas y luego las hundió. Las primeras notas fueron demasiado fuertes, las otras frases siguieron secas.

El señor Bilderbach levantó la mano de la música:

—Espera; piensa un momento en lo que estás tocando. ¿Cómo está marcado este principio?

—An... andante.

—Muy bien. No lo hagas un adagio entonces. Y toca bien en las notas. No las arrastres por encima de esa manera. A ver. Un andante gracioso y expresivo.

Probó otra vez. Sus manos parecían estar separadas de la música que había dentro de ella.

—Escucha —interrumpió él—. ¿Cuál de estas variaciones domina el conjunto?

—La marcha fúnebre —contestó ella.

—Prepárate entonces para ella. Esto es un andante, pero no una pieza de salón según tú la has tocado. Empieza suavemente, *piano*, y no hagas el *crescendo* hasta llegar al arpegio. Hazlo cálido y dramático. Y aquí abajo, donde pone *dolce*, haz cantar a la melodía. Sabes ya todo eso. Ya lo hemos visto todo. Ahora tócalo. Siéntelo como Beethoven lo escribió. Siente esa tragedia y contención.

No podía dejar de mirarle las manos. Parecían posarse intencionadamente en la música, dispuestas a levantarse en señal de parada tan pronto como ella empezara, con el brillo de su sortija avisándole el alto.

—Señor Bilderbach, puede ser que si yo..., si usted me dejara tocar la primera variación sin pararme, lo haría mejor.

—No te interrumpiré —dijo él.

Agachó demasiado su cara pálida sobre las teclas. Tocó la primera parte y, obedeciendo a una señal de él, empezó la segunda. No había faltas que le molestaran, pero las frases salían de sus dedos antes de que pudiera poner en ellas lo que sentía que quería decir.

Cuando terminó, él levantó la vista de la música y empezó a hablar con calma gris:

—No he oído casi esos acordes de la mano derecha. Y, por cierto, esta parte tendría que ir creciendo en intensidad, desarrollando los temas que tenían que haberse destacado en la primera parte. En fin, pasa a la siguiente.

Quería empezar con una tristeza contenida, para ir llegando paulatinamente a una expresión de dolor hondo, desbordante. Eso era lo que le decía la cabeza. Pero las manos parecían pegársele a las teclas como macarrones blandos y no podía imaginar cómo tenía que ser la música.

Cuando cesó de resonar la última nota, el señor Bilderbach cerró el libro y se levantó de la silla poco a poco. Movía la mandíbula inferior de un lado a otro y entre sus labios abiertos se podía ver la pequeña línea roja de la garganta y sus dientes amarillos de tabaco. Dejó el libro de Beethoven sobre el montón de música y apoyó los codos otra vez en el piano negro y suave.

—No —dijo sencillamente, mirándola.

La boca de ella empezó a temblar.

—No puedo remediarlo. Yo...

Repentinamente, él se sonrió.

—Escucha, Bienchen —empezó con una voz suave, forzada—. Tocas todavía *El herrero armonioso*, ¿no? Te dije que no lo quitaras de tu repertorio.

—Sí —dijo ella—, lo toco de vez en cuando.

Era la voz que él usaba con los niños.

—¿Te acuerdas? Fue de las primeras cosas que tocamos juntos. Lo solías tocar muy fuerte, como si fueras de verdad la hija de un herrero. Ya ves, Bienchen, te conozco tan bien... como si fueras mi propia hija. Sé lo que tienes. Te he oído tocar tan bien... Solías tocar...

Se paró sin saber qué decir y chupó la colilla pulposa de su cigarrillo. El humo salía como adormecido de los rosados labios de él y se enredaba en una niebla gris por los lisos cabellos y la frente infantil de Frances.

—Hazlo sencillo y alegre —dijo él encendiendo la lámpara detrás de ella y alejándose del piano. Se quedó un momento dentro del círculo brillante que hacía la luz. Luego, impulsivamente, se puso casi en cuclillas—. Vigoroso —dijo.

No podía dejar de mirarle, sentado en un talón con el otro pie delante de él para guardar el equilibrio, los músculos de sus fuertes piernas en tensión bajo la tela de los pantalones, la espalda derecha, los codos apoyados sólidamente en las rodillas.

—Ahora, sencillamente —repitió con un gesto de sus manos carnosas—, piensa en el herrero, trabajando todo el día al sol. Trabajando tranquilo y sin que le molesten.

Ella no podía mirar al piano. La luz le iluminaba el vello de sus manos extendidas y hacía brillar los cristales de sus gafas.

—¡Todo seguido! —ordenó él—. ¡Vamos ya!

Sintió que la médula de sus huesos se vaciaba y que no le quedaba sangre dentro. El corazón, que toda la tarde le había golpeado contra el pecho, lo sintió muerto, lo vio gris, blando y encogido por los bordes como una ostra.

El rostro del señor Bilderbach parecía vibrar en el espacio delante de ella, acercarse al ritmo de las sacudidas de las venas de sus sienes. Evasivamente, ella miró al piano. Sus labios temblaban como jalea y una oleada de lágrimas silenciosas hizo que las teclas blancas se le empañaran con una línea aguanosa.

—No puedo —murmuró—. No sé por qué, pero no puedo. No puedo más.

El cuerpo tenso del señor Bilderbach se relajó y poniéndose la mano en el costado se levantó. Ella recogió su música y le pasó por delante corriendo.

Su abrigo. Los mitones. Los chanclos. Los libros del colegio y la cartera que él le había regalado en su cumpleaños. Todo lo que en el cuarto silencioso era suyo. Deprisa, antes de que él hablara.

Al atravesar el vestíbulo no pudo dejar de ver sus manos, colgando del cuerpo, que se apoyaba contra la puerta del estudio, relajado y sin designio. Cerró la puerta con fuerza. Con los libros y la cartera a rastras, bajó tropezándose por las escaleras de piedra, se equivocó de dirección al salir, corrió por la calle que se había vuelto una confusión de ruidos y bicicletas y juegos de otros niños.

El jockey

El *jockey* llegó a la puerta del comedor; después de un momento entró y se puso a un lado, quieto, con la espalda apoyada contra la pared. El local estaba lleno; era ya el tercer día de la temporada y todos los hoteles de la ciudad estaban repletos. En el comedor, unos ramitos de rosas habían dejado caer pétalos sobre los manteles blancos y desde el bar cercano llegaba un sonido de voces cálido y ronco. El *jockey* esperaba con la espalda pegada a la pared y observaba el comedor con ojos apretados, rugosos. Examinó la habitación y su mirada llegó hasta una mesa de la esquina de enfrente en la que estaban sentados tres hombres. Observando, el *jockey* levantó la barbilla y echó la cabeza hacia un lado; su cuerpo de enano se irguió rígido y apretó las manos con los dedos curvos hacia adentro como garfios de hierro. Así, en tensión, contra la pared del comedor, miraba y esperaba.

Aquella tarde llevaba un traje de seda china verde bien cortado a medida y del tamaño de un disfraz de niño. La camisa era amarilla; la corbata a rayas, de colores pastel. Iba sin sombrero y llevaba el pelo cepillado hacia la frente en una especie de flequillo mojado y tieso. Su rostro era chupado, gris y sin edad. Había hoyos de sombra en sus sienes y sus labios se crispaban en una sonrisa forzada. Después de un rato se dio cuenta de que le había visto uno de los tres hombres que él había mirado. Pero el *jockey* no saludó con la cabeza, levantó más la barbilla y metió el pulgar de su mano rígida en el bolsillo del chaleco.

Los tres hombres de la mesa de la esquina eran un entrenador, un corredor de apuestas y un hombre rico. El entrenador era Sylvester, un sujeto grandote, desgarbado, de nariz brillante y lentos ojos azules. El de las apuestas era Simmons. El hombre rico era el dueño de un caballo que se llamaba Seltzer, con el que el *jockey* había corrido aquella tarde. Los tres bebían *whisky* con soda, y un camarero uniformado con chaqueta blanca acababa de traer el plato principal de la cena.

Fue Sylvester el primero que vio al *jockey*. Desvió la vista en seguida, dejó su vaso de *whisky* y se frotó nervioso la punta de la nariz enrojecida.

—Es Bitsy Barlow —dijo—. Está ahí, al otro lado del comedor, mirándonos.

—¡Ah, el *jockey*! —dijo el hombre rico. Estaba de cara a la pared y casi dio media vuelta para mirar hacia atrás—. Dile que venga.

—¡No, por Dios! —dijo Sylvester.

—Está loco —dijo Simmons. La voz del corredor de apuestas era opaca y sin inflexiones. Tenía la cara de un jugador nato, ajustada cuidadosamente su expresión en equilibrio permanente de miedo y codicia.

—Bueno, yo no le llamaría eso precisamente —dijo Sylvester—. Le conozco desde hace tiempo. Estaba estupendamente hasta hace unos seis meses. Pero si sigue así, me parece que no dura otros seis meses, no puede.

—Fue aquello que le pasó en Miami —dijo Simmons.

—¿Qué? —preguntó el hombre rico.

Sylvester echó una mirada al *jockey* a través del comedor y se humedeció los labios con la lengua roja y carnosa.

—Un accidente. Un chico que se hirió en la pista. Se rompió una pierna y la cadera. Era muy amigo de Bitsy. Un irlandés. No era mal jinete tampoco.

—Es una pena —dijo el hombre rico.

—Sí. Eran muy amigos —dijo Sylvester—. Estaba siempre en el hotel en el cuarto de Bitsy. Solían jugar al póquer o se tumbaban en el suelo a leer juntos la página de deportes.

—Bueno, son cosas que pasan —dijo el hombre rico.

Simmons cortaba su filete. Tenía el tenedor sobre el plato y amontonaba cuidadosamente sobre él las setas con la hoja del cuchillo.

—Está loco —repetía—. A mí me pone nervioso.

Estaban ocupadas todas las mesas del comedor. En la del centro había un grupo de fiesta y las mariposas blancas y verdes habían entrado desde la noche y revoloteaban alrededor de las llamas claras de las velas. Dos chicas con pantalones de franela y chaquetas sueltas entraron del brazo y fueron al bar. De la calle principal llegaban los ecos de la histérica barahúnda de la gente en vacaciones.

—Aseguran que Saratoga es en agosto la ciudad más rica del mundo por cabeza —dijo Sylvester dirigiéndose al hombre rico—. ¿A usted qué le parece?

—No sé —dijo el hombre rico—. Podría muy bien serlo.

Simmons se limpió cuidadosamente la boca grasienta con la punta del índice.

—¿Y qué pasa con Hollywood? ¿Y Wall Street?

—Calla —dijo Sylvester—. Viene hacia acá.

El *jockey* había dejado la pared y se acercaba a la mesa de la esquina. Andaba pavoneándose, presumido, lanzando las piernas en un semicírculo a cada paso, taconeando viva y petulantemente sobre la alfombra de terciopelo rojo. Al andar se dio contra el codo de una mujer gorda vestida de satén blanco, que estaba en la mesa del banquete; el *jockey* retrocedió y se inclinó con cortesía estudiada, los ojos bien cerrados. Cuando hubo cruzado el comedor, acercó una silla y se sentó en una esquina de la mesa, entre Sylvester y el hombre rico, sin hacer el menor saludo ni cambiar en lo más mínimo su rostro gris e inmóvil.

—¿Has cenado? —preguntó Sylvester.

—Algunos lo llamarían cenar. —La voz del *jockey* era alta, clara y amarga.

Sylvester puso el cuchillo y el tenedor cuidadosamente sobre el plato. El hombre rico cambió de postura, poniéndose de lado en la silla y cruzando las piernas. Llevaba pantalones grises de montar, las botas sucias y una chaqueta marrón muy estropeada. Ese era su atuendo día y noche durante las carreras, aunque nadie le había visto nunca a caballo. Simmons siguió con su cena.

—¿Quieres un poco de seltz? —preguntó Sylvester—. ¿O algo por el estilo?

El *jockey* no contestó. Sacó una petaca de oro del bolsillo y la abrió de golpe. Dentro había algunos pitillos y una navajita de oro minúscula. Usaba la navaja para cortar en dos los cigarrillos. Cuando hubo encendido el pitillo, levantó la mano llamando al camarero que pasaba junto a la mesa.

—Un *whisky*, por favor.

—Mira, chico —dijo Sylvester.

—No me llame chico.

—Sé razonable. Sabes que tienes que ser razonable.

El *jockey* hizo una mueca rígida con el extremo izquierdo de la boca. Bajó los ojos mirando la comida que había encima de la mesa, pero los levantó en seguida. Delante del hombre rico había una cazuelita de pescado asado con salsa de crema y adornado con perejil. Sylvester había pedido unos huevos Benedict. Había espárragos, maíz tostado con mantequilla y un platito con aceitunas negras. Había una fuente de patatas fritas en la esquina de la mesa, delante del *jockey*. No miró más la comida. Fijaba sus ojos apretados en el centro de mesa con rosas abiertas.

—Me figuro que no se acordarán de cierta persona que se llamaba McGuire —dijo.

—Oye, mira... —dijo Sylvester.

El camarero trajo el *whisky* y el *jockey* se sentó acariciando el vaso con sus manos pequeñas, fuertes y callosas. En la muñeca llevaba una cadena de oro que golpeaba contra el borde de la mesa. Después de dar vueltas al vaso entre las palmas de las manos, se bebió de pronto el *whisky* en dos tragos. Dejó el vaso con aire decidido.

—No, no creo que su memoria sea tan larga y amplia —dijo.

—Claro que sí, Bitsy —dijo Sylvester—. Pero ¿por qué haces estas cosas? ¿Has tenido hoy noticias del chico?

—He tenido una carta —dijo el *jockey*—. A esa persona de la que hablábamos la han quitado del personal el miércoles. Tiene una pierna dos centímetros más corta que la otra. Eso es todo.

Sylvester chasqueó la lengua y movió la cabeza.

—Me hago cargo de lo que sientes.

—¿Sí? —El *jockey* miraba los platos de la mesa. Su mirada iba de la cazuelita de pescado al maíz y, finalmente, se fijó en la fuente de patatas fritas. Apretó la cara, y levantó la mirada rápidamente. Deshojó una rosa y cogió uno de los pétalos, lo estrujó entre los dedos y se lo metió en la boca.

—Bueno, son cosas que pasan —dijo el hombre rico.

El entrenador y el de las apuestas habían terminado de comer, pero quedaba comida en las fuentes. El hombre rico se lavó los dedos grasientos en el vaso de agua y se secó con la servilleta.

—¡Vaya! —dijo el *jockey*—. ¿No quieren que les

traiga algo? ¿O quizá desean repetir? ¿Otro filete, señores, o...?

—Por favor —dijo Sylvester—. Sé razonable. ¿Por qué no te vas arriba?

—Sí, ¿por qué no me voy? —dijo el *jockey*.

Su voz aflautada era todavía más alta y tenía algo del plañido agudo de la histeria.

—¿Por qué no me voy a mi maldito cuarto y le doy vueltas y escribo unas cartas y me voy a la cama como un buen chico? ¿Por qué no...? —Empujó su silla hacia atrás y se levantó—. ¡Oh, al cuerno! —dijo—. Váyanse al cuerno. Quiero algo de beber.

—Lo que te digo es que esto es tu funeral —dijo Sylvester—. Tú ya sabes el mal que esto te hace. Lo sabes de sobra.

El *jockey* cruzó el comedor y se acercó a la barra. Pidió un Manhattan y Sylvester le miró, de pie con los talones juntos, apretados, el cuerpo tieso como un soldado de plomo, con el meñique separado del vaso, y bebiendo despacio.

—Está loco —dijo Simmons—. Ya lo dije.

Sylvester se volvió al hombre rico.

—Si se toma una chuleta de cordero, se le ve la forma en el estómago una hora después. No digiere ya las cosas. Pesa cincuenta y un kilos. Ha engordado un kilo y medio desde que dejamos Miami.

—Un *jockey* no debe beber —dijo el hombre rico.

—La comida no le satisface como antes y no la digiere. Si se toma una chuleta de cordero, se la puede ver saliendo de punta en el estómago y no le baja.

El *jockey* terminó su Manhattan. Tragó y aplastó la cereza del fondo del vaso con el dedo gordo, y la apartó luego lejos de él. Las dos chicas en pantalones estaban de pie a su izquierda, mirándose, y al otro lado del bar dos chicos habían empezado una discusión sobre cuál era la montaña más alta del mundo. Todos estaban acompañados; no había nadie solo aquella noche. El *jockey* pagó con un billete nuevo de cincuenta dólares y no contó el cambio.

Volvió al comedor, a la mesa en la que estaban sentados los tres hombres, pero no se sentó.

—No, no me atrevería a pensar que la memoria de ustedes es tan buena —dijo. Era tan bajo que el borde de la mesa le llegaba casi al cinturón y cuando agarró la esquina con sus manos nervudas no tuvo que doblarse—. No, ustedes están demasiado ocupados en tragar cenas en restaurantes. Están demasiado...

—De veras —rogó Sylvester—. Tienes que ser razonable.

—¡Razonable! ¡Razonable! —El rostro gris del *jockey* tembló, luego se detuvo en una sonrisa helada y desagradable. Sacudió la mesa hasta que los platos se tambalearon, y por un momento pareció que la iba a volcar. Pero de pronto lo dejó. Alargó la mano a la fuente que estaba a su lado y se metió deliberadamente en la boca un puñado de patatas fritas. Masticaba despacio, con el labio superior levantado, se volvió y escupió la masa pastosa sobre la suave alfombra roja que cubría el suelo—. ¡Depravados! —dijo. Y su voz sonaba delgada y rota. Saboreó la palabra como si tuviera un sabor que le gustara—.

¡Depravados! —repitió, y volviéndose se marchó del comedor con su rígido pavoneo.

Sylvester encogió uno de sus hombros pesados y caídos. El hombre rico secó un poco de agua que se había vertido sobre el mantel y no hablaron hasta que el camarero fue a recoger los platos.

Madame Zilensky y el rey de Finlandia

Todo el mérito de haber traído a madame Zilensky a la Universidad de Ryder se debía al señor Brook, director del Departamento de Música. La universidad se consideraba afortunada, porque madame Zilensky tenía una gran reputación, lo mismo como compositora que como pedagoga. El señor Brook se encargó personalmente de buscar una casa para madame Zilensky, un sitio cómodo, con jardín, bastante cerca de la universidad y al lado de la casa de pisos donde él habitaba.

Nadie en Westbridge había conocido a madame Zilensky antes de que viniera. El señor Brook había visto retratos suyos en las revistas de música, y una vez le había escrito para preguntarle sobre la autenticidad de cierto manuscrito de Buxtehude. También, cuando se decidió que viniera a la universidad, se habían intercambiado algunos telegramas y cartas sobre asuntos prácticos. Tenía una letra clara y recta, y lo único fuera de lo corriente en esas cartas era que hacían alguna referencia casual a objetos y personas completamente desconocidos al señor Brook, como «el gato amarillo de Lisboa» o «el pobre Heinrich». El señor Brook achacó estas distracciones a la confusión de la huida de Europa con su familia.

El señor Brook era una persona algo borrosa; años de minuetos de Mozart, de explicaciones sobre séptimas disminuidas y terceras menores le habían dado en su vocación una paciencia alerta. Casi siempre estaba solo. Odiaba la rutina académica y las juntas. Años antes, cuando los del Departamento de Música habían decidido hacer un viaje juntos y pasar el verano en Salzburgo, en el último momento el señor Brook se escurrió del compromiso y se fue solo al Perú. Tenía algunas rarezas y era tolerante con las extravagancias de los demás; realmente casi le hacía gracia el ridículo. A menudo, cuando se enfrentaba con alguna situación grave e incongruente, sentía un cosquilleo interior, que endurecía su rostro largo y suave y agudizaba la luz de sus ojos grises.

El señor Brook fue a recibir a madame Zilensky a la estación de Westbridge una semana antes de empezar el semestre de otoño. La reconoció al punto. Era una mujer alta y erguida, con la cara pálida y ojerosa. Sus ojos estaban profundamente sombreados y llevaba el cabello oscuro echado hacia atrás desde la misma frente. Tenía manos largas y delicadas, muy sarmentosas. En toda su persona había algo noble y abstraído que hizo que el señor Brook retrocediera un poco y se quedara desabrochándose nervioso los gemelos. A pesar de su indumentaria (una falda larga negra y una chaqueta roja de cuero), daba una impresión de vaga elegancia. Con madame Zilensky había tres niños, entre los diez y los seis años, los tres rubios, guapos y de ojos claros. Había otra persona, una mujer vieja, que luego resultó ser la criada finlandesa.

Este fue el grupo que encontró en la estación. El único equipaje que traían con ellos eran dos enormes cajas de manuscritos; el resto se lo habían dejado olvidado en la estación de Springfield cuando cambiaron de tren. Esto es algo que le puede pasar a cualquiera. Cuando el señor Brook los metió a todos en un taxi, pensó que lo peor ya había pasado, pero madame Zilensky de pronto trató de saltar por encima de sus rodillas y salir.

—¡Dios mío! —dijo—. Me he dejado mi..., ¿cómo se dice?, mi tic-tic-tic...

—¿Su reloj? —preguntó el señor Brook.

—¡Oh, no! —dijo ella con vehemencia—. Ya sabe usted, mi tic-tic-tic... —Y movía el índice de un lado a otro como un péndulo.

—Tic-tic —dijo el señor Brook llevándose las manos a la cabeza y cerrando los ojos—. ¿Es posible que quiera usted decir un metrónomo?

—¡Sí, sí! Creo que lo he debido de perder donde cambiamos de tren.

El señor Brook pudo tranquilizarla. Hasta dijo, con una especie de galantería aturdida, que le buscaría uno al día siguiente. Pero, de momento, tenía que reconocerse que había algo extraño en este desconsuelo por el metrónomo, cuando faltaba todo el resto del equipaje.

Los Zilensky se instalaron en la casa de al lado y, aparentemente, todo iba bien. Los niños eran unos chicos tranquilos. Se llamaban Sigmund, Boris y Sammy. Estaban siempre juntos y se seguían el uno al otro en fila india, Sigmund delante por lo general. Entre ellos hablaban en algo que sonaba a un esperanto familiar hecho con ruso, francés, finlandés, alemán e inglés; cuando había gente alrededor estaban extrañamente silenciosos. Lo que al señor Brook le ponía incómodo no era nada de lo que los Zilensky hacían o decían. Eran pequeños detalles. Por ejemplo, cuando los niños estaban en una habitación, había algo que inconscientemente le molestaba. Por fin se dio cuenta de que los chicos Zilensky no pisaban nunca las alfombras: las bordeaban en fila india sobre el suelo desnudo, y si una habitación estaba toda alfombrada, se quedaban en la puerta y no entraban. Había otra cosa: habían pasado varias semanas y madame Zilensky parecía no hacer el menor esfuerzo por instalarse y amueblar la casa con algo más que una mesa y unas camas. La puerta principal estaba abierta día y noche, y pronto la casa empezó a tener un aspecto extraño y destartalado, como un sitio abandonado hacía años.

La universidad podía estar satisfecha con madame Zilensky. Enseñaba con tremenda insistencia y se indignaba profundamente si cualquier Mary Owens o Bernadine Smith no sacaba limpios los trinos de Scarlatti. Buscó cuatro pianos para su estudio y puso a cuatro asombradas estudiantes a tocar fugas de Bach juntas. La barahúnda que venía desde su parte de la sección era tremenda, pero madame

Zilensky parecía no tener nervios, y, si la voluntad y el esfuerzo puros pudieran transmitir una idea musical, realmente la Universidad de Ryder no hubiera podido pedir más. Por las noches, madame Zilensky trabajaba en su duodécima sinfonía. Parecía no dormir nunca; no importaba a qué hora de la noche se le ocurriera al señor Brook mirar por la ventana de su cuarto de estar, la luz del estudio de madame Zilensky estaba siempre encendida. No, no era por ninguna causa profesional que el señor Brook estaba intrigado.

Fue a finales de octubre cuando por primera vez notó que había algo que indudablemente estaba mal. Había almorzado con madame Zilensky y se había divertido con una descripción detallada que ella le había dado sobre un safari que había hecho en África en 1928. Después, por la tarde, se había parado delante de su despacho y se había quedado un tanto abstraída en la puerta.

El señor Brook la miró desde su escritorio y preguntó:

—¿Quiere usted algo?

—No, gracias —dijo madame Zilensky. Tenía una voz baja, bella y sombría—. Estaba solo pensando. ¿Se acuerda usted del metrónomo? ¿Cree usted que quizá me lo habré dejado en casa de aquel francés?

—¿De quién? —preguntó el señor Brook.

—De ese francés con el que estuve casada —contestó.

—Francés —dijo tímidamente el señor Brook. Trató de imaginarse al marido de madame Zilensky, pero su mente se negó. Murmuró casi para él—: El padre de los niños.

—¡Oh, no! —dijo madame Zilensky con decisión—. El padre de Sammy.

El señor Brook tuvo una rápida premonición. Su instinto le advirtió que no siguiera. Pero su amor al orden, su conciencia, le hicieron preguntar:

—¿Y el padre de los otros dos?

Madame Zilensky se llevó la mano a la nuca y se levantó el pelo corto y erizado. Su rostro estaba soñoliento y durante unos minutos no contestó. Luego dijo amablemente:

—Boris es de un polaco que tocaba el flautín.

—¿Y Sigmund? —preguntó luego. El señor Brook miró su escritorio ordenado, con la pila de ejercicios corregidos, los tres lápices bien afilados, el elegante pisapapeles de marfil. Cuando levantó la vista hacia madame Zilensky, esta pensaba con esfuerzo. Miró alrededor por las esquinas de la habitación, los párpados bajos y la mandíbula moviéndose de un lado a otro.

Finalmente, ella dijo:

—¿Hablábamos del padre de Sigmund?

—Bueno, no —dijo el señor Brook—. No hace falta que hablemos de ello.

Madame Zilensky contestó con voz a un tiempo orgullosa y terminante:

—Era un compatriota.

Al señor Brook realmente no le importaba la cosa. No tenía prejuicios; la gente se podía casar diecisiete veces y tener hijos chinos por lo que a él le concernía. Pero había algo en la conversación con madame Zilensky que le molestaba. Comprendió de repente: los niños no se parecían en nada a madame Zilensky pero eran iguales entre sí, y, teniendo padres diferentes, el señor Brook pensó que la semejanza era asombrosa.

Pero madame Zilensky había terminado el asunto. Se subió la cremallera de la chaqueta de cuero y se volvió.

—Ahí es exactamente donde me lo he dejado —dijo con un rápido movimiento de cabeza—. *Chez* aquel francés.

La vida en la sección de música transcurría tranquila. El señor Brook no tenía dificultades serias que resolver, como lo de la profesora de arpa del año anterior, que se fugó con un mecánico. Había solo esa constante inquietud por madame Zilensky. No podía aclarar qué le pasaba en su relación con ella y por qué sus sentimientos estaban tan confusos. Para empezar: ella era una gran viajera y sus conversaciones estaban salpicadas de referencias incongruentes sobre sitios lejanos. Podía pasarse días sin abrir la boca, rondando por los corredores con las manos en los bolsillos de la chaqueta y el rostro meditabundo. Y de pronto agarraba al señor Brook y se lanzaba a un largo monólogo, con ojos fieros y brillantes y voz vehemente y cálida. Tenía que hablar de todo o de nada. Pero había siempre algo raro, de una manera indirecta, en cualquier episodio que ella mencionara. Si hablaba de llevar a Sammy al peluquero, la impresión que producía era tan exótica como si estuviera hablando de una tarde en Bagdad. El señor Brook no podía aclararlo.

La verdad le llegó de repente, y la verdad lo aclaró todo perfectamente, o por lo menos despejó la situación. El señor Brook había vuelto temprano a casa y había encendido el fuego en la pequeña chimenea de su cuarto de estar. Se sentía a gusto y en paz aquella noche. Estaba sentado ante el fuego, en calcetines, con un tomo de William Blake en la mesa de al lado y se había servido media copa de licor de melocotón. A las diez estaba dormitando cómodamente delante del fuego, su mente llena de frases nebulosas de Mahler y retazos de pensamientos flotantes, y, de pronto, de entre aquel delicado sopor, le vinieron a la memoria cuatro palabras: «el rey de Finlandia». Las palabras le parecían familiares, pero al principio no pudo localizarlas; luego, de pronto, pudo seguirles la pista. Estaba paseando aquella tarde por el campus, cuando madame Zilensky le paró y empezó algún descabellado galimatías que escuchó solo a medias; estaba pensando en el montón de cánones que le habían hecho en la clase de contrapunto. Ahora le volvían las palabras con una exactitud molesta, las inflexiones de su voz... Madame Zilensky había empezado con la siguiente frase: «Un día, cuando estaba delante de una *pâtisserie*, el rey de Finlandia pasó en un trineo».

El señor Brook se enderezó en la butaca con una sacudida y dejó la copa de licor. Esa mujer era una mentirosa patológica. Casi todas las palabras que pronunciaba fuera de la clase eran mentiras. Si había trabajado toda la noche, se desviaba de su camino para contar que había estado esa noche en el cine; si almorzaba en la Old Tavern, era seguro que aludiría a que había comido en casa con sus hijos. La mujer era sencillamente una mentirosa patológica y eso era todo.

El señor Brook hizo crujir sus nudillos y se levantó de la butaca. Su primera reacción fue de exasperación. ¡Que día tras día madame Zilensky hubiera tenido la desfachatez de sentarse ahí, en su despacho, e inundarle con sus afrentosas falsedades! El señor Brook estaba furioso. Paseó arriba y abajo por la habitación, luego fue a la cocinita y se hizo un bocadillo de sardina.

Una hora después, sentado junto al fuego, su irritación se había cambiado en un asombro científico y meditativo; lo que tenía que hacer, se dijo, era mirar la situación de manera impersonal y ver a madame Zilensky como un médico ve a un paciente enfermo. Sus mentiras eran de lo más inocente. No fingía nada con intención de engañar y las mentiras que contaba no las usaba, jamás, para ninguna ventaja posible. Esto era lo que desconcertaba; no había motivo detrás de todo aquello.

El señor Brook terminó el licor, y despacio, cuando era casi medianoche, comprendió aún mejor. La razón de las mentiras de madame Zilensky era sencilla y triste: toda su vida había trabajado en el piano, enseñando y escribiendo aquellas doce sinfonías hermosas e inmensas; día y noche había luchado afanándose y volcando su alma en su trabajo, y apenas le quedaba algo de sí misma para más. Humana como era, sufría esa carencia, y hacía lo que podía para compensarla. Si pasaba la tarde inclinada sobre una mesa de la biblioteca y luego decía que había estado jugando a las cartas, era como si hubiera podido hacer las dos cosas. Por medio de sus mentiras vivía una doble vida; las mentiras doblaban lo poco de existencia que le quedaba fuera del trabajo y engrandecían el pequeño andrajo último de su vida personal.

El señor Brook miró al fuego y el rostro de madame Zilensky estaba en su mente: un rostro severo, de ojos oscuros, cansados, y una boca delicadamente disciplinada. Notó algo cálido en su pecho, un sentimiento de piedad, de protección y de comprensión tremenda. Durante un rato permaneció en un bello estado de confusión.

Más tarde se lavó los dientes y se puso el pijama. Tenía que ser práctico. ¿Qué resolvía esto? ¿Y el francés, el polaco del flautín, Bagdad? ¿Y los niños, Sigmund, Boris y Sammy, quiénes eran? ¿Serían realmente sus hijos después de todo, o los habría reunido sencillamente de cualquier sitio? El señor Brook limpió los cristales de las gafas y las dejó en la mesilla de noche. Tenía que llegar a un acuerdo con ella. Si no, podía crearse en la sección una situación de lo más problemática. Eran las dos. Miró por la ventana y vio que la luz del cuarto de trabajo de madame Zilensky estaba aún encendida. El señor Brook se metió en la cama y puso caras horribles en la oscuridad tratando de planear lo que le diría al día siguiente.

El señor Brook estaba en su despacho a las ocho. Acechaba detrás de su mesa, pronto a atrapar a madame Zilensky cuando pasase por el corredor. No tuvo mucho que esperar, y en cuanto oyó sus pasos la llamó por su nombre.

Madame Zilensky se paró en la puerta. Tenía un aire vago y fatigado.

—¿Cómo está usted? —dijo—. Yo he descansado tan bien esta noche...

—Siéntese, por favor —dijo el señor Brook—. Me gustaría hablar un momento con usted.

Madame Zilensky puso a un lado su carpeta y se echó hacia atrás en la butaca, frente a él.

—¿Qué quiere? —preguntó.

—Ayer, mientras paseaba por el campus, me habló usted —dijo él, despacio—. Y, si no me equivoco, creo que me dijo algo sobre una pastelería y el rey de Finlandia. Es así, ¿no?

Madame Zilensky volvía la cabeza hacia un lado y miraba con fijeza a una esquina de la ventana.

—Algo sobre una pastelería —repitió él.

El rostro cansado de madame Zilensky se iluminó:

—¡Pues claro! —dijo vehemente—, le contaba que aquella vez que estaba frente a esa tienda y el rey de Finlandia...

—¡Madame Zilensky! —gritó el señor Brook—. *No hay* rey en Finlandia.

Madame Zilensky se quedó ausente por completo. Después de un instante empezó otra vez:

—Estaba delante de la *pâtisserie* Bjarne cuando volví los ojos de los pasteles y vi de pronto al rey de Finlandia...

—Madame Zilensky, acabo de decirle que no hay rey en Finlandia.

—En Helsingfors —empezó ella de nuevo, desesperadamente, y otra vez él la dejó llegar a lo del rey y no la dejó seguir más.

—Finlandia es una república —dijo él—. No es posible que usted haya podido ver al rey de Finlandia. Por lo tanto, lo que acaba usted de decir es una falsedad, una pura falsedad.

Nunca en la vida pudo olvidar el señor Brook la cara de madame Zilensky en aquel momento. Había en sus ojos sorpresa, consternación y una especie de horror acorralado. Era como una persona que mirara todo su mundo interior abierto en trozos y desintegrado.

—Crea usted que lo siento —dijo el señor Brook con verdadera pena.

Pero madame Zilensky se repuso. Levantó la barbilla y dijo fríamente:

—Yo soy finlandesa.

—No lo dudo —contestó el señor Brook. Para sus adentros sí lo dudaba un poco.

—Nací en Finlandia y soy súbdita finlandesa.

—Es muy natural —dijo el señor Brook alzando más la voz.

—En la guerra —continuó ella acaloradamente— iba en motocicleta y era enlace.

—Su patriotismo no entra en esto.

—Solo porque estoy sacando los primeros papeles de nacionalización...

—¡Madame Zilensky! —dijo el señor Brook. Sus manos agarraban el borde del escritorio—. Esto es solamente un hecho sin importancia. La cosa es que usted mantenía y aseguraba que vio... que vio...

—Pero no pudo terminar. El rostro de madame Zilensky le hizo callarse. Estaba pálida como una muerta y había sombras alrededor de la boca. Tenía los ojos muy abiertos, tremendos y orgullosos. Y el señor Brook se sintió de pronto como un asesino. Una conmoción de sentimientos, comprensión, remordimiento y amor irrazonable le hizo taparse la cara con las manos... No pudo hablar hasta que su interior se aquietó y entonces dijo muy bajo—: Sí, claro, el rey de Finlandia. ¿Era simpático?

Una hora después, el señor Brook estaba sentado mirando por la ventana de su despacho. Los árboles, a lo largo de la calle tranquila de Westbridge, estaban casi desnudos y los edificios grises de la universidad tenían un aire suave y triste. Mientras repasaba perezosamente el paisaje familiar, vio al viejo perro airedale de los Drake, que iba balanceándose calle abajo. Era algo que había visto antes cientos de veces; entonces, ¿qué era lo que le chocaba como extraño? Luego se dio cuenta con fría sorpresa de que el perro iba corriendo hacia atrás. El señor Brook miró al airedale hasta que le hubo perdido de vista, luego reanudó su trabajo con los cánones que le habían hecho en la clase de contrapunto.

Un árbol. Una roca. Una nube

Llovía aquella mañana y todavía estaba muy oscuro. El niño de los periódicos había terminado casi su recorrido cuando llegó al cafetín y entró a tomarse una taza de café. Era un sitio que estaba abierto toda la noche y pertenecía a un hombre amargado y mezquino llamado Leo. Después de la calle desolada y vacía, tenía un aire simpático y alegre: junto a la barra había un par de soldados, tres tejedores de la fábrica y, en una esquina, un hombre encorvado, con las narices y media cara dentro de un jarro de cerveza. El niño llevaba un casco como el de los aviadores. Cuando entró en el café se desató el barboquejo y levantó la orejera derecha sobre su orejita colorada. Casi siempre, mientras bebía el café, alguien le decía algo cariñoso. Pero esa vez Leo no le miró y ninguno de los hombres le habló. Pagó, y ya se iba cuando una voz llamó:

—¡Chico! ¡Eh, chico!

Se volvió y el hombre de la esquina le hacía señas con el dedo llamándole. Había levantado la cara del jarro de cerveza y parecía de repente muy alegre. El hombre era largo y pálido, con una gran nariz y el pelo anaranjado marchito.

—¡Eh, hijo!

El chico de los periódicos fue hacia él. Era un chiquillo escuchimizado de unos doce años, con un hombro más alto que otro por el peso del saco de periódicos. Tenía la cara chupada y pecosa y sus ojos eran unos ojos redondos de niño.

—¿Qué, señor?

El hombre puso una mano sobre el hombro del chico, luego le cogió la barbilla y le movió despacio la cara de un lado para otro. El chico retrocedió incómodo.

—Diga, ¿qué quiere?

La voz del chico era chillona. El café de pronto se quedó muy silencioso. El hombre dijo despacio:

—Te quiero mucho.

En la barra los hombres se rieron; el chico, que ya se había echado para atrás y quería irse, no sabía qué hacer. Miró por encima del mostrador a Leo y Leo le miró con una mueca aburrida de burla. El chico intentó reírse también, pero el hombre estaba serio y triste.

—No he querido tomarte el pelo, hijo. Siéntate y toma una cerveza conmigo. Tengo que explicarte una cosa —dijo.

Cautamente, con el rabillo del ojo, el chico consultó con los hombres de la barra preguntándoles qué hacer. Pero ellos habían vuelto a sus cervezas o a sus desayunos y no le hicieron caso. Leo puso en el mostrador una taza de café y una jarrita de nata.

—Es menor de edad —dijo.

El muchacho trepó hasta la banqueta. Su oreja, debajo de la orejera levantada, era muy pequeña y muy colorada. El hombre asentía con la cabeza seriamente:

—Es importante —dijo. Y buscó en su bolsillo de atrás y sacó algo que enseñó en la palma de la mano para que lo viera el chico—. Míralo atentamente —dijo.

El chico miró, pero no había nada que mirar con atención. El hombre tenía una fotografía en la palma de la mano grande y mugrienta. Era un rostro de mujer, tan borroso que solamente se veían con claridad el traje y el sombrero que llevaba.

—¿Ves? —dijo el hombre.

El chico asintió y el hombre le enseñó otra fotografía. La mujer estaba de pie en una playa, en traje de baño. El traje de baño le hacía un estómago muy grande, eso era lo primero que se notaba.

—¿Has mirado bien? —Se inclinó más todavía acercándose y, finalmente, preguntó—: ¿La habías visto antes?

El chico estaba sentado sin moverse, mirando de soslayo al hombre.

—No, que yo sepa.

—Muy bien. —El hombre se volvió a meter las fotografías en el bolsillo—. Era mi mujer.

—¿Murió? —preguntó el chico.

Despacio, el hombre negó con la cabeza. Frunció los labios como si fuera a silbar y contestó de manera indecisa:

—Eh... —dijo—. Te explicaré.

La cerveza, en el mostrador, delante del hombre, estaba en su gran jarro oscuro. No la cogió para beber; en vez de eso se inclinó y, poniendo la cara sobre el borde, estuvo así un momento. Luego, con ambas manos, agarró el jarro y sorbió.

—Cualquier noche te vas a dormir con tu narizota dentro de un jarro y te ahogarás —dijo Leo—. «Eminente forastero ahogado en cerveza.» Sería una muerte muy graciosa.

El chico de los periódicos trató de hacer una seña a Leo. Cuando el hombre no miraba volvió la cabeza e hizo un gesto con la boca preguntando sin hablar: «¿Borracho?». Pero Leo solo levantó las cejas y se volvió para poner dos trozos de tocino en la parrilla. El hombre apartó de él el jarro, se irguió y juntó sus manos sueltas y huesudas sobre el mostrador. Tenía la cara triste, mirando al chico. No pestañeaba; solo, de vez en cuando, bajaba los ojos de color verde pálido. Estaba casi amaneciendo y el chico se cambió de hombro el peso del saco de periódicos.

—Estoy hablando de amor —dijo el hombre—. Para mí es una ciencia.

El chico se empezó a escurrir del taburete. Pero el hombre levantó el índice y hubo algo que retuvo al chico, que no le dejó moverse.

—Hace doce años me casé con la mujer de la fotografía. Fue mi mujer durante un año, nueve meses, tres días y dos noches. La quería. Sí... —Aclaró su voz ronca y dijo de nuevo—: La quería y pensaba que ella también me quería a mí. Yo era maquinista de ferrocarriles. Ella tenía todas las comodidades y lujos en casa. Nunca se me pasó por la cabeza que no estuviera satisfecha. Pero ¿sabes lo que pasó?

—¡Hummm...! —dijo Leo.

El hombre no quitaba los ojos de la cara del chico:

—Me dejó. Una noche, cuando volví, la casa estaba vacía y ella se había ido. Me dejó.

—¿Con un fulano? —preguntó el chico.

Suavemente, el hombre puso la palma de la mano sobre el mostrador.

—Claro, naturalmente, hijo. Una mujer no se escapa de esa manera, sola.

El café estaba tranquilo; la lluvia, negra e interminable, en la calle. Leo aplastó el tocino que se estaba friendo con las púas de su gran tenedor:

—Así que llevas once años persiguiendo a esa... ¡Asqueroso viejo verde!

El hombre miró a Leo por primera vez:

—Por favor, no seas grosero. Además, no te estoy hablando a ti. —Se volvió al chico y le dijo en un tono de confianza y secreto—: No vamos a hacerle ningún caso, ¿eh?

El chico de los periódicos asintió, no muy convencido.

—Fue así —continuó el hombre—. Soy una persona que se impresiona mucho con las cosas. Durante toda mi vida, una cosa tras otra me han ido impresionando: la luz de la luna, las piernas de una muchacha bonita... Una cosa tras otra. Pero la cuestión es que, cuando había disfrutado de algo, tenía una sensación extraña, como si estuviera dentro de mí andando suelta. Nada parecía llegar a terminarse ni a encajar con las otras cosas. ¿Mujeres? Ya tuve mi ración de ellas. Es lo mismo. Después, vagando sueltas en mí. Yo era un hombre que no había amado nunca.

Cerró los párpados muy despacio y el gesto fue como la caída del telón cuando termina un acto en el teatro. Cuando habló de nuevo tenía la voz excitada y las palabras llegaban deprisa; los lóbulos de sus orejas grandes y sueltas parecían temblar.

—Luego encontré a esta mujer. Yo tenía cincuenta y un años; ella siempre decía que tenía treinta. La encontré en una estación de servicio y nos casamos a los tres días. ¿Y sabes cómo nos fue? No puedo ni decírtelo. Todo lo que siempre había sentido estaba reunido alrededor de esa mujer. Ya no había más cosas sueltas dentro de mí, todo estaba concluido en ella.

El hombre se calló de repente y se dio golpes en la larga nariz. Su voz se sumergió en un tono bajo, firme, de reproche.

—No lo estoy explicando bien. Lo que pasó fue esto. Ahí estaban esos sentimientos hermosos y esos pequeños placeres sueltos, dentro de mí. Y esa mujer era para mi alma algo así como una cinta de montaje. Hacía pasar por ella esos poquitos de mí mismo y salía completo. ¿Me sigues ahora?

—¿Cómo se llamaba? —preguntó el chico.

—¡Oh! —dijo él—, la llamaba Dodo. Pero eso no tiene importancia.

—¿Y trató usted de hacerla volver?

El hombre no pareció oír.

—En esas circunstancias, ya te puedes imaginar cómo me quedé cuando me dejó.

Leo cogió el tocino de la parrilla y dobló dos tajadas dentro de un panecillo. Tenía una cara gris, con ojos hendidos, una nariz de pellizco salpicada de suaves sombras azules. Uno de los obreros textiles pidió más café y Leo se lo sirvió. Leo no dejaba que repitieran gratis. El obrero desayunaba allí todas las mañanas, pero, cuanto más conocía Leo a sus clientes, más tacaño era con ellos. Royó su bocadillo como si se lo escatimara a sí mismo.

—¿Y no la encontró usted nunca?

El chico no sabía qué pensar del hombre, y su cara de niño parecía incierta, con una mezcla de curiosidad y duda. Era nuevo en el recorrido de los periódicos; todavía le parecía raro estar fuera por la ciudad en la madrugada negra y extraña.

—Sí —dijo el hombre—, tomé algunas medidas para hacerla volver. Estuve por ahí tratando de localizarla. Fui a Tulsa, donde ella tenía parientes. Y a Mobile. Fui a todas las ciudades que había mencionado alguna vez, buscando a todos los hombres que habían tenido alguna relación con ella. Tulsa, Atlanta, Chicago, Cheehaw, Memphis... Durante casi dos años corrí por el país tratando de encontrarla.

—Pero la pareja había desaparecido de la faz de la Tierra —dijo Leo.

—No le escuches —dijo el hombre confidencialmente—. Y además olvida esos dos años. No son importantes. Lo que importa es que por el tercer año me empezó a pasar una cosa muy curiosa.

—¿Qué? —preguntó el chico.

El hombre se dobló e inclinó el jarro para beber un sorbo de cerveza. Pero mientras se agachaba sobre el jarro las aletas de la nariz le temblaron ligeramente; olfateó el olor rancio de la cerveza y no bebió.

—La verdad es que el amor es una cosa extraña. Al principio no pensaba más que en que volviera. Era una especie de manía. Luego, según pasaba el tiempo, trataba de recordarla, pero ¿sabes qué ocurría?

—No —dijo el chico.

—Cuando me tumbaba en la cama y trataba de pensar en ella, mi cabeza se quedaba en blanco. No podía verla. Y entonces sacaba sus fotografías y las miraba. Nada, no había nada que hacer. Era como si no la viera. ¿Puedes imaginarlo?

—¡Eh, compadre! —gritó Leo a través del mostrador—. ¿Puedes imaginarte la cabeza de este borracho en blanco?

Despacio, como si espantara moscas, el hombre movió la mano. Tenía sus ojos verdes fijos y concentrados en la carita chupada del chico de los periódicos.

—Pero un pedazo de cristal inesperado en la acera o una canción de cinco centavos en un gramófono automático, una sombra en una pared por la noche, y recordaba. A veces eso ocurría por la calle y yo me echaba a llorar y me golpeaba la cabeza contra un farol. ¿Me comprendes?

—Un trozo de cristal... —dijo el chico.

—Cualquier cosa. Daba vueltas por ahí y no tenía poder sobre cómo y cuándo recordarla. Uno cree que se puede poner encima una especie de blindaje. Pero el recuerdo no viene al hombre así, de frente, viene por las esquinas, dando rodeos. Estaba a merced de todo lo que oía o veía. De repente, en vez de ser yo el que atravesara el país para encontrarla, empezó ella a perseguirme en mi propia alma. *Ella* persiguiéndome *a mí*, ¡fíjate! Y en mi alma.

El chico preguntó finalmente:

—¿Por qué parte del país estaba usted entonces?

—¡Huy! —gruñó el hombre—. Era un pobre mortal enfermo. Era como la viruela. Te confieso, hijo, que me emborraché, forniqué, cometí cualquier pecado que de pronto me apeteciera. Me avergüenza confesarlo, pero así es. Cuando recuerdo esa temporada, está todo confuso en mi mente; fue terrible.

El hombre inclinó la cabeza y pegó la frente al mostrador. Durante unos segundos estuvo así doblado, con la nuca nervuda cubierta de una pelambrera anaranjada y las manos, con sus largos dedos retorcidos, palma contra palma, en actitud de rezar. Luego el hombre se irguió; sonreía y de pronto su rostro fue un rostro radiante, trémulo y viejo.

—Pasó en el quinto año —dijo—. Y con él empezó mi ciencia.

La boca de Leo se movió con una mueca pálida y rápida:

—¡Vaya!, ninguno de nosotros se hace más joven —dijo. Luego, con furia repentina, hizo una pelota con el paño de secar que tenía en la mano y lo tiró con fuerza al suelo—: ¡Vaya Don Juan viejo con el rabo a rastras!

—¿Qué pasó? —preguntó el chico.

La voz del viejo era alta y clara:

—Paz —contestó.

—¿Eh?

—Es difícil explicarlo científicamente, hijo. Me figuro que la explicación lógica es que ella y yo nos habíamos perseguido tanto tiempo que al fin nos hicimos un lío, nos echamos atrás y lo dejamos. Paz. Un vacío extraño y hermoso. Era primavera en Portland y llovía todas las tardes. Yo me quedaba allí, en mi cama, echado en la oscuridad. Y así me vino la sabiduría.

La luz del nuevo día teñía de azul pálido las ventanas del cafetín. Los dos soldados pagaron sus cervezas y abrieron la puerta; uno de ellos se peinó y sacudió sus polainas fangosas antes de salir. Los tres obreros se encorvaron en silencio sobre sus desayunos. El reloj de Leo sonó en la pared.

—Es esto. Escucha atentamente. Medité sobre el amor y saqué la conclusión. Me di cuenta de qué es lo que nos pasa. Los hombres se enamoran por primera vez. Y ¿de qué se enamoran?

La tierna boca del chico estaba medio abierta y no contestó.

—De una mujer —dijo el viejo—. Sin sabiduría, sin nada para poder ir por ahí, emprenden la experiencia más sagrada y peligrosa de este mundo. Se enamoran de una mujer. ¿Es esto, no, hijo?

—Sí —dijo el chico desmayadamente.

—Empiezan por el revés del amor. Empiezan por el punto crítico. ¿Te das cuenta de por qué es algo tan desgraciado? ¿Sabes cómo deberían querer los hombres?

El viejo alargó la mano y agarró al chico por el cuello de la chaqueta de cuero. Le sacudió suavemente y sus ojos verdes miraron hacia abajo sin pestañear, graves.

—Hijo, ¿sabes cómo debería empezarse el amor?

El chico seguía sentado, pequeño, callado, tranquilo. Poco a poco movió la cabeza. El viejo se le acercó más y murmuró:

—Un árbol. Una roca. Una nube.

Todavía llovía fuera en la calle: una lluvia sin fin, suave y gris. La sirena de la fábrica sonó para el turno de las seis, y los tres obreros pagaron y se fueron. En el café no quedaban más que Leo, el viejo y el chico de los periódicos.

—El tiempo estaba así en Portland —dijo— en la época en que empezó mi sabiduría. Medité y empecé con precaución. Cogía cualquier cosa de la calle y me la llevaba a casa. Compré un pececillo dorado y me concentré en él y lo amé. Pasaba gradualmente de una cosa a otra. Día a día iba adquiriendo esa técnica. En el camino de Portland a San Diego...

—¡Oh, cierra el pico! —aulló Leo de repente—. ¡Calla, calla!

El viejo seguía agarrando la chaqueta del chico; temblaba y su rostro estaba muy serio, iluminado, salvaje.

—Ya hace seis años que voy por ahí solo haciéndome mi saber. Y ahora soy un maestro, hijo. Puedo amarlo todo. No tengo ya ni que pensar en ello. Veo una calle llena de gente y una luz hermosa entra dentro de mí. Miro un pájaro en el cielo o me encuentro con un viajero en el camino. Cualquier cosa, hijo, o cualquier persona. ¡Todos desconocidos y todos amados! ¿Te das cuenta de lo que puede significar una ciencia como la mía?

El chico se sostenía, tieso, con las manos curvadas agarrando fuertemente el borde del mostrador. Al fin, preguntó:

—¿Y encontró a aquella señora?

—¿Qué? ¿Qué dices, hijo?

—Digo —preguntó tímidamente el chico—, ¿se ha vuelto a enamorar de alguna mujer?

El hombre aflojó las manos del cuello del chico. Se volvió y por primera vez asomó a sus ojos verdes una mirada vaga y dispersa. Levantó el jarro del mostrador y bebió la cerveza dorada. Movía la cabeza despacio, de un lado a otro. Por fin, contestó:

—No, hijo. Fíjate, es el último paso en mi ciencia. Voy con cuidado. Todavía no estoy preparado del todo.

—Bueno —dijo Leo—, bueno, bueno.

El viejo estaba de pie en el vano de la puerta abierta.

—Acuérdate —dijo. Allí, en medio de la húmeda luz gris de la madrugada, parecía encogido, andrajoso y frágil. Pero su sonrisa era luminosa—. Acuérdate de que te quiero mucho —dijo, sacudiendo la cabeza por última vez.

Y la puerta se cerró sin ruido detrás de él.

El chico no habló durante un buen rato. Se alisó el pelo sobre la frente, y pasó su dedito mugriento por el borde de la taza vacía. Después, sin mirar a Leo, preguntó:

—¿Estaba borracho?

—No —dijo Leo brevemente.

El chico levantó aún más su voz clara:

—Entonces, ¿es un drogadicto?

—No.

El chico miró a Leo, con su carita fea desesperada y su voz chillona y urgente:

—¿Está loco, pues? ¿Crees que está chiflado? —La voz del chico de los periódicos bajó de pronto con una duda—: ¿Eh, Leo? ¿Está chalado o no?

Pero Leo no le contestó. Hacía catorce años que tenía su café nocturno y se consideraba experto en locuras. Estaban los tipos de la ciudad y también los forasteros que llegaban como si vinieran del fondo de la noche. Conocía las manías de todos. Pero no quiso satisfacer la curiosidad del niño. Contrajo su cara pálida y siguió callado.

Así, el chico se bajó la orejera derecha del casco y, volviéndose para marcharse, hizo el único comentario que le parecía seguro, la única observación que no podía ser reída ni despreciada:

—Desde luego que ha hecho la mar de viajes.

El transeúnte

Esa mañana, la frontera crepuscular entre el sueño y la vigilia era romana: fuentes salpicando y calles estrechas con arcos. La dorada y pródiga ciudad de flores y piedra pulida por los años. A veces, en su semiinconsciencia, estaba otra vez en París, o entre escombros de guerra alemanes, o esquiando en Suiza y en un hotel en la nieve. Algunas veces también era un barbero de Georgia en una madrugada de caza. Era Roma esta mañana, en la región sin tiempo de los sueños.

John Ferris se despertaba en una habitación de un hotel en Nueva York. Tenía la sensación de que algo desagradable le esperaba; qué podría ser, no sabía. La sensación, sumergida en las exigencias mañaneras, se prolongó aun después de haberse vestido y haber bajado. Era un día de otoño despejado y un sol pálido, en rebanadas, se metía entre los rascacielos color pastel. Ferris entró en la cafetería de al lado y se sentó en el compartimiento del fondo junto al ventanal que daba a la acera. Pidió un desayuno a la americana de huevos revueltos y salchichas.

Ferris había venido de París al entierro de su padre, que había sido la semana anterior en su pueblo, en Georgia. El choque de la muerte le había hecho darse cuenta de que la juventud había ya pasado. Se le caía el pelo y las venas de sus ya desnudas sienes quedaban salientes latiendo; su cuerpo se conservaba bien, a no ser por una panza incipiente. Ferris había querido mucho a su padre y la unión entre ellos había sido antes muy fuerte, pero los años habían debilitado algo esta devoción filial; la muerte, aguardada durante mucho tiempo, le había dejado con una consternación imprevista. Había alargado lo posible su estancia en casa, junto a su madre y sus hermanos. Su avión para París salía a la mañana siguiente.

Ferris sacó la agenda de direcciones para confirmar un número. Iba volviendo las páginas con interés creciente. Nombres y direcciones de Nueva York, de capitales de Europa, unas pocas borrosas de su estado del Sur. Nombres borrosos en letras de molde, nombres borrachos, garrapateados. Betty Wills: un amor pasajero, ahora casada. Charlie Williams: herido en la selva de Hürtgen, paradero desconocido desde entonces. El viejo Williams... ¿vivía o había muerto? Don Walket: trabajando en la televisión y haciéndose rico. Henry Green: se chifló después de la guerra, ahora en un sanatorio, decían. Cozie Hall: había oído que había muerto. La atolondrada, la alegre Cozie... era extraño pensar que ella también, tan boba, podía morir. Al cerrar el cuaderno, Ferris padecía una impresión de azar, de tránsito, casi de miedo.

Fue entonces cuando su cuerpo dio una sacudida repentina. Miraba por la ventana cuando allí mismo, pasando por la acera, vio a su antigua mujer. Elizabeth pasaba muy cerca de él, andando despacio. Ferris no pudo comprender el estremecimiento salvaje de su corazón ni la sensación inmediata de desahogo y de gracia que le quedaron cuando ella hubo pasado.

Ferris pagó deprisa y salió corriendo a la calle. Elizabeth estaba en la esquina esperando para cruzar la Quinta Avenida. Corrió hacia ella pensando en hablarle, pero cambiaron las luces y ella cruzó la calle antes de que la alcanzara. Ferris la siguió. Al otro lado podría muy bien haberla alcanzado, pero se sorprendió rezagándose sin saber por qué. Llevaba el cabello castaño claro recogido con sencillez, y, mientras la observaba, se acordó Ferris de que su padre había dicho una vez que Elizabeth tenía «buenos andares». Elizabeth dobló la esquina siguiente y Ferris la siguió, aunque su intención de abordarla había desaparecido ya. Ferris se preguntó el porqué de la agitación de su cuerpo a la vista de Elizabeth, el sudor de sus manos, los fuertes latidos de su corazón.

Hacía ocho años que Ferris no había visto a su antigua mujer. Sabía que se había casado otra vez hacía tiempo. Y tenía niños. Durante los últimos años raramente había pensado en ella. Pero al principio, después del divorcio, la pérdida casi le había derrumbado. Luego, calmado por la acción del tiempo, había amado otra vez, y luego otra. Ahora era Jeannine. Desde luego, el amor por su antigua mujer había pasado hacía tiempo. ¿Por qué entonces el desasosiego de su cuerpo y la mente sacudida? Solo sabía que su corazón nublado estaba extrañamente en disonancia con el día de otoño soleado y claro. Ferris dio la vuelta de repente y, andando a grandes zancadas, casi corriendo, volvió deprisa al hotel.

Ferris se sirvió de beber, aunque no eran aún las once. Tumbado en una butaca como una persona exhausta, se puso a contemplar su vaso de *whisky*. Tenía un día entero por delante, y se iba en avión a la mañana siguiente. Repasó sus obligaciones: llevar su equipaje a la Air France, almorzar con su jefe, comprarse unos zapatos y un abrigo... ¿No había algo más? Ferris terminó la bebida y abrió la guía de teléfonos.

La decisión de llamar a su antigua mujer fue impulsiva. El número venía en Bailey, el nombre del marido, y Ferris lo marcó sin tomarse tiempo para pensarlo. Elizabeth y él se habían intercambiado felicitaciones en Navidad, y Ferris le había mandado un juego de trinchar cuando recibió la participación de boda. No había razón para *no* llamar. Pero mientras esperaba, oyendo la llamada al otro lado, la duda empezó a inquietarle.

Elizabeth contestó; su voz familiar fue para él un nuevo choque. Tuvo que repetir su nombre dos veces, pero cuando fue identificado ella pareció alegrarse. Le dijo que estaba en la ciudad solo por un día. Ellos tenían un compromiso para ir al teatro, dijo ella, pero a ver si podía ir a cenar temprano. Ferris dijo que le encantaría.

Mientras iba de una cosa a otra, estaba aún molesto a ratos con la sensación de que algo importante se le olvidaba. Ferris se bañó y se cambió a última hora de la tarde, pensando a menudo en Jeannine: estaría con ella la próxima noche. «Jeannine —diría—, me encontré por casualidad con mi antigua mujer cuando estaba en Nueva York. Cené con ella, y con su marido, claro. Fue extraño verla después de todos estos años.»

Elizabeth vivía en una avenida Cincuenta y tantos Este, y, mientras Ferris iba en taxi desde el centro, vislumbraba en los cruces el ocaso prolongado, pero al llegar a su destino era ya noche otoñal. El lugar era un edificio con marquesina y portero; el apartamento de ella estaba en el séptimo piso.

—Entre, señor Ferris.

Preparado para Elizabeth, o hasta para el marido no imaginado, Ferris se quedó asombrado ante el chico pelirrojo y pecoso; sabía lo de los niños, pero su pensamiento no había sido capaz de imaginárselo de alguna manera. La sorpresa le hizo dar un paso atrás torpemente.

—Este es nuestro apartamento —dijo el niño respetuoso—. ¿No es usted el señor Ferris? Soy Bill, entre.

En el cuarto de estar, al otro lado del vestíbulo, el marido le dio otra sorpresa. Tampoco para él estaba preparado emocionalmente. Bailey era un hombre macizo, de cabello rojo, con ademanes decididos. Se levantó y le tendió la mano.

—Soy Bill Bailey. Encantado de conocerle. Elizabeth vendrá en seguida... Está terminando de vestirse.

Las últimas palabras despertaron una serie fluida de vibraciones, recuerdos de otros años. Elizabeth, clara, rosada y desnuda antes del baño. A medio vestir delante del espejo de su tocador, cepillándose el fino cabello castaño. Dulce intimidad casual, la amabilidad de la carne suave poseída sin discusión. Ferris alejó de sí los recuerdos indeseados y se obligó a encontrar la mirada de Bill Bailey.

—Bill, ¿quieres traer esa bandeja de bebidas que hay en la mesa de la cocina?

El niño obedeció con prontitud y, cuando se hubo ido, Ferris dijo:

—¡Qué chico más guapo tienen!

—Nosotros, por lo menos, lo creemos así.

Se hizo silencio hasta que el niño volvió con una bandeja de vasos y la coctelera con martinis. Con el estímulo de la bebida fueron sacando a flote la conversación: hablaron de Rusia y de la lluvia artificial en Nueva York, y del problema de los pisos en Manhattan y París.

—El señor Ferris volará mañana a través de todo el océano —le dijo Bailey al niño, que estaba encaramado en el brazo de su butaca, tranquilo y bien educado—. Apuesto a que te irías de polizón en su maleta.

Billy se echó para atrás sus lacios mechones de pelo:

—Yo quiero volar en un avión y ser periodista como el señor Ferris. —Y añadió con seguridad repentina—: Esto es lo que quiero ser cuando sea mayor.

Bailey dijo:

—Yo creí que querías ser médico.

—¡Sí! —dijo Billy—. Seré las dos cosas. También quiero ser un sabio de bombas atómicas.

Elizabeth entró llevando en brazos una niña.

—¡Oh, John! —dijo. Y colocó a la niña en el regazo de su padre—. Es tan estupendo volver a verte... Me alegro tanto de que hayas podido venir...

La pequeña estaba sentada mimosamente en las rodillas de Bailey. Llevaba un trajecito de crepé rosa pálido cogido en los hombros con un lazo y una cinta de seda del mismo color sujetándole los suaves rizos pálidos. Tenía la piel tostada del verano y sus ojos castaños estaban moteados de oro. Cuando alcanzó y señaló con el dedo las gafas de concha de su padre, este se las quitó y la dejó mirar un poco con ellas.

—¿Cómo está mi bomboncito?

Elizabeth estaba muy hermosa, más hermosa quizá de lo que Ferris la había visto jamás. Su cabello limpio y liso resplandecía. Su rostro era más suave, brillante y sereno. Era una belleza de Madonna, que se avenía bien con el ambiente familiar.

—No has cambiado nada —dijo Elizabeth—. Pero ha pasado mucho tiempo.

—Ocho años. —Casi inconscientemente se llevó la mano al pelo que ya le clareaba, mientras se intercambiaban otras vaguedades.

Ferris se sintió de pronto un espectador, un intruso entre los Bailey. ¿Por qué había ido? Estaba sufriendo. Su propia vida le parecía tan solitaria..., una columna frágil sin nada que soportar en medio del naufragio de los años. Sentía que no podría seguir mucho tiempo en la habitación familiar.

Miró el reloj.

—¿Vosotros vais al teatro?

—Es una pena —dijo Elizabeth—, pero teníamos este compromiso desde hace más de un mes. Pero, John, seguro que cualquier día de estos te quedarás aquí. No vas a ser un expatriado, ¿no?

—«Expatriado» —repitió Ferris—. No me gusta mucho esa palabra.

—¿Qué palabra hay mejor? —preguntó ella.

Él pensó un momento:

—«Transeúnte», quizá.

Ferris miró otra vez su reloj y Elizabeth se excusó:

—Si lo hubiera sabido con tiempo...

—Solo paso este día en la ciudad. Tuve que ir a casa inesperadamente, ¿sabes? Papá murió la semana pasada.

—¿Papá Ferris ha muerto?

—Sí, en el Johns Hopkins. Estuvo enfermo allí casi un año. El entierro fue en casa, en Georgia.

—Cuánto lo siento, John. Papá Ferris fue siempre una de mis personas predilectas.

El niño se levantó por detrás de la butaca de modo que pudiera mirar el rostro de su madre. Preguntó:

—¿Quién se ha muerto?

Ferris estaba muy olvidadizo para comprender; pensaba en la muerte de su padre. Vio otra vez el cadáver, tendido en la seda dorada dentro del ataúd. Le habían maquillado la cara de una manera grotesca y aquellas manos familiares yacían unidas y pesadas sobre un desbordamiento de rosas. El recuerdo se cerró y Ferris se despertó a la voz tranquila de Elizabeth.

—El padre del señor Ferris, Bill. Una gran persona; alguien a quien tú no conocías.

—Pero ¿por qué le llamas «Papá» Ferris?

Bailey y Elizabeth intercambiaron una mirada furtiva. Fue Bailey el que contestó al niño:

—Hace mucho tiempo —dijo—, tu madre y el señor Ferris estuvieron casados. Pero antes de que nacieras, hace mucho tiempo.

—¿El señor Ferris?

El pequeño se quedó mirando a Ferris incrédulo y desconcertado. Y los ojos de Ferris, al devolverle la mirada, eran también algo incrédulos. ¿Sería verdaderamente cierto que una vez había llamado a esta extraña, a Elizabeth, «patito mío» durante noches de amor, que habían vivido juntos, habían compartido quizá un millar de días y noches y que, finalmente, habían soportado juntos, en medio de la tristeza de la soledad repentina, la pena de ver destruirse poco a poco (celos, alcohol y discusiones por dinero) el edificio del amor conyugal?

Bailey dijo a los niños:

—A alguien le toca cenar. ¡Hala, vamos!

—¡Pero, papá! Mamá y el señor Ferris... Yo...

La mirada insistente de Bill, perpleja y con un brillo de hostilidad, le recordó a Ferris la mirada de otro niño. El hijo de Jeannine, un niño de siete años, de carita ensombrecida y rodillas huesudas al que Ferris evitaba y olvidaba con frecuencia.

—¡De frente, marchen! —Bailey llevó suavemente a Billy hacia la puerta.

—Di buenas noches, hijo.

—Buenas noches, señor Ferris. —Y añadió con resentimiento—: Creí que me iba a quedar para la tarta.

—Puedes venir luego por la tarta —dijo Elizabeth—. Corre ahora con papá a cenar.

Ferris y Elizabeth estaban solos. El peso de la situación gravitó sobre aquellos primeros momentos de silencio. Ferris pidió permiso para servirse otro cóctel y Elizabeth le puso la coctelera en la mesa a su lado. Miró el piano y observó la música en el atril.

—¿Tocas todavía tan bien como antes?

—Todavía disfruto tocando.

—Toca, por favor, Elizabeth.

Elizabeth se levantó inmediatamente. Su prontitud para tocar cuando se lo pedían había sido siempre una de sus amabilidades. Nunca se hacía rogar, excusándose. Ahora, mientras se acercaba al piano, había en ella, además, la prontitud del alivio.

Empezó con un preludio y fuga de Bach. El preludio era alegremente irisado, como un prisma en una habitación por la mañana. La primera voz de la fuga, un anuncio puro y solitario, se repitió entremezclada con una segunda voz y repetida otra vez dentro de un marco elaborado; la música múltiple, horizontal y serena, fluía con majestad, sin apresuramiento. La melodía principal se trenzaba con otras dos voces, embellecida con un sinfín de ingeniosidades, dominantes unas veces, sumergidas otras, con la sublimidad de una cosa única que no teme rendirse al conjunto. Hacia el final, la densidad del material se reunió para la última insistencia, enriquecida sobre el primer motivo dominante, y la fuga terminó en un acorde, como una afirmación final. Ferris descansaba la cabeza sobre el respaldo de la butaca y cerró los ojos. En el silencio que siguió, una voz alta y clara vino de la habitación del otro lado del vestíbulo. «Papá, pero *cómo podían* mamá y el señor Ferris...» Luego se oyó cerrar una puerta.

El piano empezó otra vez. ¿Qué música era esta? Sin lugar, familiar, la melodía límpida llevaba mucho tiempo dormida en su corazón. Ahora le hablaba de otro tiempo, otro lugar; era la música que Elizabeth solía tocar. La melodía suave evocó un bosque de recuerdos. Ferris se perdió en el tumulto de anhelos pasados, conflictos, deseos ambivalentes. Era extraño que la música, ocasión de esta anarquía tumultuosa, fuera tan clara y serena. La melodía principal quedó rota por la aparición de la criada.

—Señora, la cena está servida.

Todavía, después que se sentó a la mesa entre sus anfitriones, la música interrumpida le oscurecía el humor. Estaba algo borracho.

—*L'improvisation de la vie humaine* —dijo—. No hay nada que te haga darte tanta cuenta de la improvisación de la existencia humana como una canción sin terminar, o un viejo cuaderno de direcciones.

—¿Un cuaderno de recuerdos? —repitió Bailey. Luego se calló prudente.

—Sigues siendo el mismo, John —dijo Elizabeth con algo de la antigua ternura.

La cena de aquella noche era al estilo del sur, y los platos eran de los que a él le gustaban: pollo frito y pastel de maíz y batatas en dulce. Durante la comida, Elizabeth mantuvo viva la conversación cuando los silencios se hacían demasiado largos. Y así Ferris tuvo ocasión de hablar de Jeannine.

—La conocí el otoño pasado, hacia esta época, en Italia. Es cantante y tenía un contrato en Roma. Creo que nos casaremos pronto.

Las palabras parecían tan verdaderas, inevitables, que Ferris no se dio al principio cuenta de que mentía. Él y Jeannine no habían hablado nunca de matrimonio en todo el año. Y en realidad ella seguía casada con un ruso blanco, agente de Bolsa en París, del que llevaba separada cinco años. Pero era demasiado tarde para corregir la mentira. Elizabeth ya estaba diciendo: «Me alegra mucho saberlo. Enhorabuena, Johnny».

Trató de compensarlo con cosas verdaderas:

—El otoño romano es tan bonito... Suave y florido. —Añadió—: Jeannine tiene un niño de seis años. Un chico curioso con tres idiomas; le llevo algunas veces a las Tullerías.

Mentira otra vez. Había llevado solo una vez al pequeño a los jardines. El pálido niño extranjero, con los pantaloncitos cortos que dejaban al descubierto las piernas huesudas, había echado su barco en el estanque de cemento y había montado en un caballito. El niño había querido entrar en el guiñol. Pero no había habido tiempo porque Ferris tenía un compromiso en el hotel Scribe. Le había prometido que irían al guiñol otra tarde. Solamente había llevado una vez a Valentin a las Tullerías.

Hubo un revuelo. La criada trajo una tarta blanca con velas rojas. Los niños entraron en pijama. Ferris no comprendía aún.

—Felicidades, John —dijo Elizabeth—. Sopla las velas.

Ferris se acordó de que era el día de su cumpleaños. Las velas se fueron apagando despacio y olía a cera quemada. Ferris tenía treinta y ocho años. Las venas de sus sienes se oscurecieron y latieron de una manera visible.

—Es hora de ir al teatro.

Ferris agradeció a Elizabeth la cena de cumpleaños y dijo los adioses apropiados. La familia entera le despidió en la puerta.

Una luna alta, fina, brillaba sobre los oscuros rascacielos mellados. En las calles hacía viento y frío. Ferris fue deprisa a la Tercera Avenida y llamó un taxi. Miraba la ciudad nocturna con la atención deliberada de la partida y quizá de despedida. Estaba solo. Deseó que llegara pronto la hora del vuelo y el viaje.

Al día siguiente miró la ciudad desde el cielo, bruñida al sol, de juguete, precisa. Luego, América se quedó atrás y solo estaba el Atlántico y la distante costa europea. El océano tenía un color lechoso, pálido, plácido bajo las nubes. Ferris dormitó casi todo el día. Hacia el atardecer pensaba en Elizabeth y en la visita de la tarde anterior. Pensó en Elizabeth entre su familia, con deseo, con envidia y una pena inexplicable. Buscó la melodía, la frase sin terminar que le había emocionado tanto. La cadencia, algunos sonidos dispersos, era todo lo que le quedaba; la melodía misma había huido. Había encontrado, en cambio, la primera voz de la fuga que Elizabeth había tocado, irónicamente invertida y en tono menor. Colgado sobre el océano, las preocupaciones por su soledad y por lo transitorio de las cosas dejaron de acongojarle y pensó en la muerte de su padre con ecuanimidad. A la hora de cenar, el avión llegó a la costa francesa.

A medianoche, Ferris cruzaba París en un taxi. El cielo estaba cubierto y la neblina ponía halos a las luces de la plaza de la Concordia. Los bistrós nocturnos brillaban en los pavimentos húmedos. Como siempre después de un vuelo transoceánico, el cambio de continentes era demasiado repentino. Nueva York por la mañana, esta noche París. Ferris entrevió el desorden de su vida; la sucesión de ciudades, de amores transitorios; y el tiempo, el siniestro deslizarse de los años, siempre el tiempo.

—*Vite, vite!* —llamó con terror—. *Dépêchez-vous.*

Valentin le abrió la puerta. El niño estaba en pijama, con una bata roja que le venía grande. Sus ojos grises estaban ensombrecidos y, al entrar Ferris en el piso, chispearon momentáneamente.

—*J'attends maman.*

Jeannine cantaba en un club nocturno. No estaría en casa hasta al cabo de una hora. Valentin volvió a un dibujo que estaba haciendo, acurrucándose con sus lápices sobre un papel extendido en el suelo.

Ferris miró el dibujo: era uno que tocaba el banjo con las notas y las líneas onduladas saliéndole en un globito, como en las historietas.

—Volveremos otra vez a las Tullerías.

El niño levantó la cabeza y Ferris se lo acercó a las rodillas. La melodía, la música sin terminar que Elizabeth había tocado le vino de repente a la memoria. Sin pedírselo, la memoria desembarcaba en él su carga; esta vez trayendo solo reconocimiento y súbita alegría.

—Monsieur Jean —dijo el niño—. ¿Le vio usted?

Confuso, Ferris pensó solamente en otro niño, el niño pecoso, mimado por su familia.

—¿A quién, Valentin?

—A su papá, en Georgia. —El niño añadió—: ¿Estaba bien?

Ferris se apresuró a decir:

—Iremos a las Tullerías a menudo, a montar en el caballito y ver el guiñol. Lo veremos y no tendremos prisa nunca más.

—Monsieur Jean —dijo el niño—. El guiñol está cerrado ahora.

Otra vez el terror, la comprensión de años desperdiciados, y la muerte. Valentin, impulsivo y confiado, se acurrucaba entre sus brazos. Su mejilla tocó la mejilla suave y sintió el roce de las pestañas delicadas. Con íntima desesperación estrechó al niño como si una emoción tan cambiante como su amor pudiera dominar el pulso del tiempo.

¿Quién ha visto el viento?

Ken Harris había estado toda la tarde ante la máquina de escribir y una hoja en blanco. Era invierno y nevaba. La nieve ponía en sordina el tráfico, y el apartamento del Village estaba tan en silencio que le molestaba el tictac del despertador. Trabajaba en el dormitorio porque aquel cuarto, con las cosas de su mujer, le calmaba y le hacía sentirse menos solo. Su *whisky* de antes del almuerzo (¿o nada más despertarse?) había perdido mordiente con la lata de chile con carne consumida a solas en la cocina. A las cuatro metió el despertador en el cesto de la ropa y luego regresó a la máquina de escribir. La hoja seguía impoluta y el blanco de la holandesa le vaciaba la imaginación. Hubo sin embargo una época (¿cuánto tiempo había pasado?) en la que bastaba una canción en una esquina, una voz de la infancia, para que el panorama de la memoria condensara el pasado de manera que lo fortuito y lo verdadero se transfigurasen en una novela, en un relato... Hubo una época en la que la página en blanco llamaba y clasificaba los recuerdos y Ken sentía ese misterioso dominio de su arte. Una época, en pocas palabras, en la que era escritor y escribía casi todos los días. Trabajaba mucho, recomponía cuidadosamente las frases, tachaba las que resultaban ofensivas y cambiaba las palabras repetidas. Ahora estaba allí, encorvado y en cierto modo asustado, un tipo rubio cercano a los cuarenta, con sombras oscuras bajo unos ojos de color azul perla y labios llenos y pálidos. Pensaba en el viento abrasador del Texas de su infancia mientras miraba por la ventana la nieve que caía en Nueva York. Luego, de repente, se le abrió una puerta de la memoria y dijo unas palabras al tiempo que las escribía a máquina:

¿Quién ha visto el viento?
Ni tú ni yo lo hemos visto:
pero si los árboles se inclinan
el viento ha pasado allí mismo.

La canción infantil le pareció tan siniestra que mientras estaba allí pensando en ella el sudor de la tensión le humedeció las palmas de las manos. Arrancó la hoja de la máquina de escribir y, después de romperla en mil pedazos, la arrojó a la papelera. Le consoló pensar que iba a una fiesta a las seis, se alegró de abandonar el apartamento silencioso, los versos destruidos, y de caminar por la calle, fría pero reconfortante.

El metro tenía la escasa luz de lo que está bajo tierra y después del olor de la nieve el aire allí era fétido. Ken reparó en un individuo tumbado en un banco, pero no se preguntó, como en otro tiempo, por la historia de aquel desconocido. Vio acercarse el primer vagón balanceante del tren que llegaba y retrocedió para evitar el viento cargado de carbonilla. Vio abrirse y cerrarse las puertas —era su tren— y siguió mirándolo con desamparo mientras se alejaba ruidosamente. La tristeza se apoderó de él mientras esperaba el siguiente.

El apartamento de los Rodgers estaba en un ático muy lejos hacia el norte, y la fiesta había empezado ya. Se oía el rumor de las voces y se notaba el olor de la ginebra y de los canapés que se sirven en los cócteles. Mientras estaba con Esther Rodgers a la entrada de las habitaciones abarrotadas, dijo:

—En la actualidad, cuando entro en una fiesta con muchos invitados, siempre me acuerdo de la última que dio el duque de Guermantes.

—¿Qué? —preguntó Esther.

—¿Recuerdas cuando Proust, el yo, el narrador, miraba a todas las caras conocidas y cavilaba sobre las alteraciones producidas por el tiempo? Un pasaje magnífico..., lo leo todos los años.

Esther pareció desconcertada.

—Hay demasiado ruido. ¿No viene tu mujer?

A Ken el rostro le tembló levemente antes de que procediera a apoderarse de uno de los martinis que ofrecía la criada.

—Se presentará cuando termine en la editorial.

—Trabaja demasiado..., todos esos manuscritos que leer...

—Cuando me encuentro en una fiesta como esta,

siempre es lo mismo, casi exactamente. Pero existe una espantosa diferencia. Como si la tonalidad bajara, cambiase. La espantosa diferencia de los años que pasan, los trucos y el terror del tiempo, Proust...

Pero su anfitriona se había marchado y Ken se encontró solo en las habitaciones abarrotadas donde se celebraba la fiesta. Examinó las caras que había visto en otros acontecimientos similares durante los últimos trece años y, efectivamente, habían envejecido. Esther, por ejemplo, había engordado mucho y su vestido de terciopelo le quedaba estrecho: la vida disipada, pensó, y la hinchazón producida por el *whisky*. Se había originado un cambio: trece años antes, cuando Ken publicó *Noche de oscuridad*, Esther casi se lo hubiera comido vivo y en ningún caso lo habría dejado solo en un extremo de la habitación. Por aquellos días, Ken era el muchacho de los cabellos dorados. El chico de los cabellos dorados de la Diosa Casquivana; ¿no era esa la diosa del éxito, del dinero, de la juventud? Ken vio, junto a la ventana, a dos jóvenes escritores sureños, y comprendió que pasados diez años la Diosa Casquivana les reclamaría su capital de juventud. A Ken le agradó que se le hubiera ocurrido aquello y se comió una menudencia de jamón que estaban pasando en aquel momento.

Luego vio, al otro lado de la habitación, a alguien a quien admiraba: Mabel Goodley, pintora y autora de decorados teatrales. Llevaba el pelo corto y reluciente y le brillaban las gafas con la luz. A Mabel le había gustado *Noche de oscuridad* desde el primer momento y dio una fiesta en su honor cuando le concedieron la beca Guggenheim. Más importante aún, le había parecido que su segundo libro era mejor que el primero, a pesar de la estupidez de los críticos. Ken echó a andar hacia Mabel, pero lo detuvo John Howards, un editor al que veía a veces en las fiestas.

—¿Cómo le va? —dijo Howards—, ¿qué está escribiendo en la actualidad?, si no es una pregunta inoportuna.

Era un principio de conversación que Ken detestaba. Las respuestas posibles eran varias: unas veces decía que estaba terminando una novela larga, otras que estaba aposta en barbecho. Ninguna respuesta era buena, dijera lo que dijese. Se le encogió el escroto y trató desesperadamente de parecer despreocupado.

—Recuerdo muy bien el revuelo que provocó *La habitación sin puerta* en el mundo literario de aquellos días, un libro excelente.

Howards era alto y vestía un traje marrón de *tweed*. Ken alzó los ojos horrorizado, armándose de valor contra aquel ataque inesperado. Pero los ojos castaños de su interlocutor eran extrañamente inocentes y Ken no encontró en ellos malicia alguna. Una mujer con unas perlas muy ajustadas alrededor de la garganta dijo, después de un doloroso instante:

—Pero, cariño, el señor Harris no escribió *La habitación sin puerta*.

—Oh —dijo Howards inútilmente.

Ken miró las perlas de la mujer y sintió deseos de estrangularla.

—No tiene la menor importancia.

El editor insistió, intentando reparar el daño causado.

—Pero usted es Ken Harris. Y está casado con Marian Campbell, la editora de ficción en...

La mujer se apresuró a decir:

—Ken Harris escribió *Noche de oscuridad*, una novela excelente.

Harris se dio cuenta de que la garganta de la mujer quedaba preciosa con las perlas y el vestido negro. Su rostro se iluminó hasta que la otra dijo:

—Hace diez o quince años de eso, ¿no es cierto?

—Lo recuerdo —dijo el editor—, un libro magnífico. ¿Cómo he podido confundirlo? ¿Cuánto tiempo tendrá que pasar antes de que disfrutemos con un segundo libro?

—Escribí un segundo libro —dijo Ken—. Se hundió sin hacer ni una ola. Fracasó. —Después añadió a la defensiva—: Los críticos fueron aún más obtusos que de ordinario. Y yo no soy de los que escriben superventas.

—Lástima —dijo el editor—. A veces somos víctimas de la industria.

—El libro era mejor que *Noche de oscuridad*. Algunos críticos lo consideraron oscuro. Pero de Joyce dijeron lo mismo. —Y añadió, con la lealtad del escritor a su creación más reciente—: Era mucho mejor que el primero, y mi sensación es que no he hecho más que empezar a producir mi verdadera obra.

—Esa es la actitud —dijo el editor—. Lo más importante es seguir insistiendo. ¿Qué está escribiendo ahora?, si no es una pregunta indiscreta.

La violencia estalló de repente.

—No es asunto suyo. —Ken no lo dijo en voz muy alta, pero las palabras se oyeron, y se creó una repentina zona de silencio en la habitación—. Ni de usted ni de nadie.

Al cesar las demás voces se oyó la de la anciana señora Beckstein, que era sorda y estaba sentada en un rincón.

—¿Por qué compras tantos edredones?

Su hija soltera, que siempre acompañaba a su madre, custodiándola como si fuera miembro de una casa real o algún animal sagrado, y que hacía de traductora entre su madre y el mundo, dijo con firmeza:

—El señor Brown estaba diciendo...

El murmullo de voces recobró fuerza y Ken fue a la mesa de las bebidas, se apoderó de otro martini y mojó un trozo de coliflor en algún tipo de salsa. Comió y bebió de espaldas a la ruidosa habitación. Luego cogió un tercer martini y se abrió paso hasta Mabel Goodley. Se sentó en una otomana a su lado, cuidadoso con su copa y un tanto ceremonioso.

—Ha sido un día muy cansado —dijo.

—¿Qué has hecho?

—Estar sentado sobre el trasero.

—Un escritor que conocí en otro tiempo acabó con problemas sacroilíacos por estar sentado tanto tiempo. ¿Podría llegar a sucederte algo semejante?

—No —respondió—. Te lo digo a ti, que eres la única persona sincera en esta habitación.

Ken había intentado muchas cosas distintas cuando empezaron las hojas en blanco. Había tratado de trabajar en la cama y durante algún tiempo escribió a mano. Se había acordado de Proust y de su habitación aislada con láminas de corcho, y por espacio de un mes usó tapones para los oídos, pero no mejoraron su rendimiento y la goma hizo que contrajera una infección causada por hongos. Luego se mudaron a Brooklyn Heights, pero tampoco sirvió de nada. Cuando se enteró de que Thomas Wolfe había escrito de pie, con el manuscrito apoyado en el frigorífico, también lo intentó. Pero lo que hacía era abrir el frigorífico y comer... Había probado a escribir borracho, cuando las ideas y las imágenes le parecían maravillosas, pero descubrió que empeoraban mucho cuando, ya sobrio, leía lo escrito. Había trabajado a primera hora de la mañana, completamente sobrio y muy deprimido. Había pensado en Thoreau y en Walden. Había soñado con el trabajo manual y con dedicarse al cultivo de las manzanas. Si pudiera dar largos paseos por los páramos la luz de la creación literaria lo iluminaría de nuevo..., pero ¿dónde están los páramos de Nueva York?

Se consolaba con los escritores que se habían sentido fracasados y cuya fama se consolidó después de muertos. Cuando tenía veinte años soñaba despierto que moriría a los treinta y que su nombre se pregonaría a voz en cuello después de que lo enterrasen. A los veinticinco, cuando había terminado *Noche de oscuridad*, soñaba despierto que moriría famoso, admirado por sus colegas, con una obra lograda a los treinta y cinco y la concesión del Premio Nobel en su lecho de muerte. Pero ahora que se acercaba a los cuarenta con dos libros —el primero un éxito, el segundo un fracaso defendible— ya no soñaba despierto sobre su muerte.

—Me pregunto por qué sigo escribiendo —dijo—. Solo se cosechan frustraciones.

Había esperado vagamente de Mabel, su amiga, que dijera tal vez algo sobre su condición de escritor nato, que le recordara incluso las obligaciones que le imponía su talento, que incluso mencionase la palabra «genio», ese término mágico que convierte las dificultades y el fracaso exterior en gloria sombría. Pero la respuesta de Mabel lo dejó consternado.

—Supongo que escribir es como el teatro. Una vez que escribes o actúas se te mete en la sangre.

Ken despreciaba a los actores: engreídos, afectados, siempre sin trabajo.

—No me parece que la interpretación sea un arte creativo, sino solo interpretativo. Mientras que el escritor, por su parte, ha de cincelar la roca fantasmal...

Vio entrar a su mujer procedente del vestíbulo. Marian era alta y esbelta, de cabellos negros, lisos y cortos, y llevaba un sencillo vestido negro, un vestido de aspecto profesional, sin adornos. Hacía trece años que se habían casado, el año de la publicación de *Noche de oscuridad*, y durante mucho tiempo Ken amó a su mujer con pasión. Hubo ocasiones en las que la esperaba con el asombro vertiginoso del amante y le embargaba un dulce temblor cuando por fin la veía. Era la época en la que hacían el amor casi todas las noches y a menudo por la mañana temprano. El primer año, Marian, incluso, había vuelto a casa algunas veces a la hora del almuerzo y se habían amado desnudos a plena luz del día. Con el tiempo, el deseo se calmó y el cuerpo de Ken dejó de temblar. Trabajaba en un segundo libro y avanzaba con dificultad. Luego le dieron una beca Guggenheim y, mientras Europa estaba en guerra, se marcharon a México. Él abandonó su libro y, aunque la euforia del éxito no le había abandonado aún, se sentía insatisfecho. Quería escribir, escribir y escribir, pero pasaba un mes tras otro y no escribía nada. Marian dijo que bebía demasiado y que solo hacía como que trabajaba y él le tiró un vaso de ron a la cara. Luego Ken se arrodilló y lloró. Estaba por primera vez en un país extranjero y el tiempo, automáticamente, era valioso porque se trataba de un país extranjero. Escribiría del azul del cielo a mediodía, de las sombras mexicanas, del aire de la montaña que tenía el frescor del agua. Pero pasaba un día y otro día —siempre valiosos porque estaba en un país extranjero— y no escribía nada. Ni siquiera aprendía español, y hasta le molestaba oír hablar a Marian con la cocinera y con otros mexicanos. (Para una mujer era más fácil aprender un idioma y además ya sabía francés.) Y la baratura misma de México encarecía la vida; se gastaba el dinero como si fuese de mentirijillas o para usar en un escenario, y cuando llegaba el cheque de la Guggenheim ya se lo habían gastado. Pero estaba en un país extranjero y antes o después vivir en México sería valioso para él como escritor. Luego, al cabo de ocho meses, sucedió una cosa extraña: prácticamente sin aviso previo Marian tomó el avión y se volvió a Nueva York. Ken tuvo que interrumpir su año Guggenheim para seguirla. Y después no quiso vivir con él ni dejarlo vivir en su apartamento. Dijo que era como vivir con veinte emperadores romanos convertidos en uno y que no aguantaba más. Marian consiguió un puesto de ayudante del editor de ficción en una revista de modas mientras él vivía en un piso sin agua caliente: su matrimonio había fracasado y se habían separado, aunque Ken todavía trataba de seguirla por todas partes. La gente de la fundación Guggenheim no le renovó la beca y se gastó muy pronto el anticipo por su nuevo libro.

Una mañana por aquella época tuvo una experiencia que no olvidaría nunca, aunque no sucedió nada, absolutamente nada. Era un soleado día de otoño con un cielo hermoso y verde por encima de los rascacielos. Había ido a desayunar a una cafetería y estaba sentado junto a una brillante cristalera. La gente pasaba deprisa por la calle, todos camino de algún sitio. Dentro de la cafetería había el bullicio habitual del desayuno, el entrechocar de bandejas y el ruido de muchas voces. La gente entraba, comía y se marchaba, y todo el mundo parecía seguro de sí mismo y de adónde iba. Parecían dar como evidente una meta que no era únicamente la rutina de sus empleos y de sus citas. Aunque la mayoría de la gente estaba sola, de algún modo parecían los unos parte de los otros, y parte todos ellos de la luminosa ciudad otoñal. Solo él quedaba al margen, una cifra aislada en el diseño de una ciudad con un destino. Su mermelada resplandecía al sol y se la untó en una tostada pero no se la comió. El café tenía un brillo morado y había un resto de lápiz de labios en el borde de la taza. Fue una hora de desolación aunque no sucediera nada.

Ahora en la fiesta, años después, el ruido, la seguridad de los otros y la conciencia de su aislamiento personal le recordó el desayuno en la cafetería y la hora presente se le hizo todavía más desolada por el imparable paso del tiempo.

—Ahí está Marian —dijo Mabel—. Parece cansada y más delgada.

—Si la maldita fundación Guggenheim me hubiera renovado la beca, la habría llevado un año a Europa —dijo Ken—. La Guggenheim de todos los demonios: ya no subvencionan a los que escribimos literatura. Solo a los físicos, gente como la que se está preparando para otra guerra.

La guerra mundial fue un alivio para Ken. Se alegró de abandonar el libro que iba mal, de abandonar su «roca fantasmal» por la experiencia común de aquellos días, porque la guerra fue sin duda la gran experiencia de su generación. Ken se graduó en la Escuela de Formación de Oficiales y cuando Marian lo vio con su uniforme, lloró y volvió a quererlo y ya no se habló más de divorcio. En su último permiso hicieron el amor con tanta frecuencia como en los primeros meses de matrimonio. En Inglaterra llovía todos los días y una vez un lord lo invitó a su castillo. Cruzó el canal el día D, y su batallón siguió adelante todo el camino hasta Schmitz. En un sótano de una ciudad en ruinas vio a un gato olfateando el rostro de un cadáver. Pasó miedo, pero no era el terror vacío de la cafetería ni la ansiedad ante la página en blanco de la máquina de escribir. Algo estaba sucediendo siempre: encontró tres jamones de Westfalia en la chimenea de la casa de un campesino y se rompió un brazo en un accidente de automóvil. La guerra era la gran experiencia de su generación y para un escritor todos los días eran automáticamente valiosos porque formaban parte de la guerra. Pero cuando se acabó, ¿de qué se podía escribir? ¿Del gato tranquilo y el cadáver, del lord inglés, del brazo roto?

En el apartamento del Village volvió al libro tanto tiempo abandonado. Durante una época, el año que siguió a la guerra, vivió la alegría del escritor cuando escribe. Una época en la que todo encajaba, desde una voz de la infancia a una canción en la esquina. En la extraña euforia de su trabajo solitario se produjo una síntesis del mundo. Escribía de otro tiempo, de otro lugar. Escribía de su juventud en la población ventosa y polvorienta de Texas que era su ciudad natal. Escribió sobre la rebelión de la juventud, la nostalgia de las ciudades llenas de luces, la añoranza de un lugar que no se ha visto nunca. Mientras escribía *Una noche de verano* vivía en un apartamento de Nueva York, pero su vida interior estaba en Texas y la distancia era más que espacio: era la triste separación entre la mediana edad y la juventud. De manera que mientras escribía el libro estaba dividido entre dos realidades: su vida diaria de Nueva York y la cadencia rememorada de su juventud texana. Cuando se publicó el libro y las reseñas fueron indiferentes o malas, le pareció que lo aceptaba bien, hasta que los días de desolación se fueron encadenando uno tras otro y empezó el terror. Hizo cosas extrañas en aquella época. Una vez se encerró en el baño con una botella de Lysol, tembloroso y aterrado. Estuvo allí media hora hasta que con un gran esfuerzo vertió despacio el jabón de brea en el lavabo. Luego se tumbó en la cama y lloró hasta que, al final de la tarde, se quedó dormido. En otra ocasión se sentó en el alféizar de la ventana y dejó que una docena de hojas en blanco descendieran flotando a la calle desde el sexto piso. El viento fue empujando los papeles a medida que los dejaba caer uno tras otro, y sintió un extraño júbilo mientras los veía volar. Más que lo absurdo de aquellas acciones, lo que le hizo darse cuenta de que estaba enfermo fue la extrema tensión que las acompañó.

Marian sugirió que fuese a un psiquiatra y él dijo que la psiquiatría se había convertido en un método de vanguardia para masturbarse. Luego se rio, pero Marian no le secundó y su risa solitaria terminó con un escalofrío de miedo. Al final, Marian fue al psiquiatra y Ken tuvo celos de los dos: del médico porque era el árbitro de un matrimonio infeliz y de ella porque estaba más tranquila y él más desquiciado. Aquel año escribió algunos guiones para la televisión, ganó un par de miles de dólares y le compró a Marian un abrigo de piel de leopardo.

—¿Estás haciendo más programas para la televisión? —le preguntó Mabel Goodley.

—No —dijo—; estoy esforzándome todo lo que puedo por meterme en mi nuevo libro. Tú eres la única persona sincera que conozco. Contigo puedo hablar...

Desinhibido por el alcohol y confiando en la amistad (porque después de todo Mabel era de sus personas preferidas), empezó a hablar del libro que llevaba tanto tiempo queriendo escribir:

—El tema básico es traicionarse a uno mismo; y el personaje central, un abogado de una ciudad pequeña llamado Winkle. La acción se sitúa en mi ciudad natal, en Texas, y la mayoría de las escenas suceden en los mugrientos despachos del juzgado local. Al comenzar el libro, Winkle se enfrenta con la siguiente situación... —Ken expuso su historia apasionadamente, hablando de los diferentes personajes y de sus motivos. Cuando Marian se acercó hablaba todavía, y le hizo gestos para que no le interrumpiera mientras miraba directamente a los ojos azules de Mabel, siempre discretamente ocultos detrás de las gafas. Luego, de repente, Ken tuvo la extraña sensación de un *déjà-vu*. Sintió que en otra ocasión le había contado su libro a Mabel, en el mismo sitio y en las mismas circunstancias. Incluso la manera en que se movían las cortinas era la misma. De todos modos, detrás de las gafas, las lágrimas hacían brillar los ojos de Mabel, y Ken se alegró de que se hubiera conmovido tanto—. De manera que Winkle se vio entonces empujado a divorciar... —Le falló la voz—. Tengo la extraña sensación de que esto ya te lo he contado antes...

Mabel esperó un momento y Ken calló.

—Así es —dijo Mabel por fin—. Hace seis o siete años y en una fiesta que se parecía mucho a esta.

Ken no soportó la compasión que se leía en sus ojos o la vergüenza que latía en su propio cuerpo. Se levantó tambaleándose y tropezó con su copa.

Después del estruendo del interior de la casa, el silencio en la terracita era absoluto, a excepción del viento, que aumentaba la sensación de abandono y soledad. Para calmar su vergüenza dijo en voz alta algo intrascendente: «Vaya, ¿por qué demonios...?», y sonrió con desfallecida angustia. Pero su vergüenza ardía aún y se llevó la mano, fría, a la frente caliente, palpitante. Había dejado de nevar, pero el viento alzaba remolinos de copos hasta donde él estaba. La longitud de la terraza eran unos seis pasos y Ken los recorrió muy despacio, contemplando con atención creciente las huellas indecisas de sus estrechos zapatos. ¿Por qué las miraba con tanta tensión? ¿Y por qué estaba allí, solo en la terraza invernal donde la luz de la fiesta se convertía, sobre la nieve, en un rectángulo enfermizamente amarillo? ¿Y los pasos? Al final de la terraza había una pequeña barandilla que le llegaba a la cintura. Cuando se apoyó en ella sabía que estaba muy suelta y sintió que *ya sabía que iba a estar suelta* y siguió apoyándose en ella. Se encontraba en el piso decimoquinto y las luces de la ciudad se extendían ante sus ojos. Estaba pensando que si daba un empujón a la barandilla desvencijada se caería, pero siguió tranquilo, pegado a ella, notándola combada y sintiéndose de algún modo protegido, satisfecho.

Le pareció una perturbación injustificada el sonido de una voz desde la entrada de la terraza. Era Marian, que había exclamado suavemente:

—¡Ah!

Luego, al cabo de un momento, añadió:

—Ken, ven aquí. ¿Qué estás haciendo ahí fuera?

Ken se irguió. Luego, recuperado el equilibrio, le dio a la barandilla un ligero empujón. No se rompió.

—Esta valla está podrida..., probablemente la nieve. Me pregunto cuántas personas se habrán suicidado aquí.

—*¿Cuántas?*

—Seguro. Es una cosa bien fácil.

—Vuelve.

Con mucho cuidado, Ken regresó por las huellas que había dejado.

—Debe de haber más de dos centímetros de nieve. —Se agachó y la tocó con el índice—. No, cinco centímetros.

—Tengo frío. —Marian le puso la mano en la chaqueta, abrió la puerta y lo devolvió a la fiesta. Había disminuido la animación y la gente empezaba a marcharse. Con la claridad de la luz, después de la oscuridad exterior, Ken vio que Marian parecía cansada. Sus ojos negros estaban cargados de reproches, atribulados, y Ken no soportaba mirarlos.

—Cariño, ¿te duele la cabeza?

Marian se frotó suavemente la frente y el puente de la nariz con el índice.

—Me preocupa mucho verte en este estado.

—¡Estado! ¿Yo?

—Recojamos nuestras cosas y marchémonos.

Pero Ken no soportaba mirar a Marian a los ojos y la detestaba por deducir que estaba borracho.

—Yo voy a ir ahora a la fiesta de Jim Johnson.

Después de buscar sus abrigos y de las descoyuntadas despedidas, un grupo pequeño descendió en el ascensor y se quedó en la acera, esperando que apareciera algún taxi. Compararon direcciones y Marian, Ken y el editor subieron al primer taxi en dirección al centro. La vergüenza de Ken se había adormecido un poco y durante el trayecto empezó a hablar de Mabel.

—Es muy triste lo de Mabel —dijo.

—¿A qué te refieres? —preguntó Marian.

—A todo. Es evidente que se está viniendo abajo. Desintegrándose, pobrecilla.

Marian, a quien no le gustaba la conversación, le dijo a Howards:

—¿Qué tal si atravesamos el parque? Está bonito cuando nieva, y es más rápido.

—Yo voy hasta la esquina de la Quinta Avenida con la calle Catorce —dijo Howards, antes de indicarle al chófer que, por favor, fuese por el parque.

—El problema con Mabel es que ya se ha convertido en un nombre del pasado. Hace diez años era una pintora y decoradora honesta. Quizá sea el fallo de la imaginación o tal vez los excesos en la bebida. Ha perdido la sinceridad y hace lo mismo una y otra vez, se repite todo el tiempo.

—Tonterías —dijo Marian—. Sigue mejorando año tras año y gana muchísimo dinero.

Estaban cruzando el parque y Ken contemplaba el paisaje invernal. Se había acumulado mucha nieve sobre los árboles y de vez en cuando el viento derribaba la que había en las ramas, aunque los árboles no se inclinaban. En el taxi, Ken empezó a recitar la antigua canción infantil, y de nuevo las palabras le dejaron ecos siniestros y se le humedecieron las frías palmas de las manos.

—No me había vuelto a acordar de esos versitos festivos desde hacía muchos años —dijo Jack Howards.

—¿Festivos? Son tan terribles como Dostoievski.

—Recuerdo que solíamos cantarlos en el jardín de infancia. Y cuando un niño celebraba su cumpleaños había una cinta azul o rosa en su sillita y los demás entonábamos *Cumpleaños feliz.*

John Howards iba encorvado sobre el borde del asiento al lado de Marian. Era difícil imaginarse a aquel editor alto, voluminoso, con sus enormes chanclos, cantando años atrás en un jardín de infancia.

—¿De dónde es usted? —preguntó Ken.

—Kalamazoo —respondió Howards.

—Siempre me he preguntado si realmente existía un sitio así o se trataba de... una metáfora.

—Existía y existe un sitio así —dijo Howards—. Mi familia se mudó a Detroit cuando yo tenía diez años. —De nuevo Ken tuvo la sensación de lo desconocido y pensó que hay ciertas personas que han conservado tan poco de la niñez que la mención de sillas de jardín de infancia y de mudanzas familiares parece de algún modo estrafalaria. De repente concibió la idea de escribir un relato sobre un individuo así (lo llamaría *El hombre del traje de tweed*) y meditó en silencio mientras la historia se le desarrollaba en la cabeza, experimentando el antiguo júbilo que ahora sentía tan pocas veces.

—El hombre del tiempo dice que esta noche vamos a llegar a veinte bajo cero —intervino Marian.

—Me puede dejar aquí —le explicó Howards al taxista al tiempo que abría la cartera y le daba unos billetes a Marian—. Gracias por dejarme compartir su taxi. Y esa es mi parte —añadió con una sonrisa—. Ha sido un placer verla de nuevo. A ver si almorzamos juntos uno de estos días..., y traiga a su marido si no le importa venir. —Después de salir a trompicones del taxi se dirigió a Ken—: Estoy deseando leer su próximo libro, Harris.

—Idiota —dijo Ken después de que el taxi arrancara de nuevo—. Te dejaré en casa y luego me quedaré un rato en la fiesta de Jim Johnson.

—¿Quién es? ¿Por qué tienes que ir?

—Es un pintor que conozco y que me ha invitado.

—¡Te relacionas con tantísima gente en estos últimos tiempos...! Sales con una pandilla y luego te cambias a otra.

Ken sabía que Marian tenía razón, pero no podía evitar comportarse así. En los últimos años entraba en un grupo —desde hacía ya mucho tiempo su círculo de amigos no coincidía con el de su mujer— hasta que se emborrachaba o hacía una escena, de manera que todo el entorno ligado al grupo se le hacía desagradable, se sentía fastidiado y comprendía que estaba de más. Entonces se cambiaba a otro grupo, y cada nuevo cambio era a un círculo menos estable que el anterior, con apartamentos menos acogedores y bebidas de peor calidad. Había llegado a un punto en el que se alegraba de ir a donde lo invitaran, aunque se tratase de desconocidos, con la esperanza de que una voz pudiera guiarlo y de que las endebles alegrías del alcohol calmaran sus nervios desquiciados.

—Ken, ¿por qué no buscas ayuda? No puedo seguir así.

—¿Por qué? ¿Cuál es el problema?

—Lo sabes bien. —La sentía tensa y rígida en el taxi—. ¿De verdad vas a ir a otra fiesta? ¿No ves que te estás destruyendo? ¿Por qué te apoyabas en la barandilla de la terraza? ¿No te das cuenta de que estás... enfermo? Ven a casa.

Las palabras de su mujer lo perturbaron, pero aquella noche no soportaba la idea de volver a casa con Marian. Tenía el presentimiento de que si se quedaban solos podía pasar algo terrible, y sus nervios le avisaban de aquel desastre todavía indefinido.

En otros tiempos se hubieran alegrado de volver solos a casa después de una fiesta, de hablar sobre la velada mientras bebían tranquilos unas copas, de tomar por asalto el frigorífico e irse a la cama, a salvo del mundo exterior. Luego, una noche, al regresar de una fiesta había sucedido algo: Ken dijo o hizo algo que no podía o no quería recordar; después solo quedaba la máquina de escribir aplastada y relámpagos de recuerdos vergonzosos con los que no era capaz de enfrentarse junto con la imagen de los ojos asustados de su mujer. Marian dejó de beber y trató de convencerlo para que acudiera a Alcohólicos Anónimos. Ken fue con ella a una reunión e incluso practicó la abstinencia durante cinco días, hasta que el horror de la noche que no recordaba quedó un poco distante. Después, cuando tuvo que beber solo, le molestaba la leche y el eterno café de Marian y a ella le molestaban sus bebidas alcohólicas. En aquella tensa situación, Ken sintió que el psiquiatra era de algún modo el responsable y se preguntó si habría hipnotizado a su mujer. En cualquier caso, las veladas pasaron a ser un desastre y todo resultaba forzado. Ahora, en el taxi, Ken sentía a Marian erguida y tensa y quería besarla como en los viejos tiempos cuando regresaban a casa después de una fiesta. Pero el cuerpo de su mujer no respondía al abrazo.

—Cariño, ¿por qué no repetimos lo que hacíamos antes? Volvemos a casa, nos ponemos a tono sin prisa y repasamos la velada. Antes te gustaba hacerlo. Disfrutabas tomando unas copas cuando estábamos tranquilos, solos. Bebe conmigo y pongámonos cómodos como en los viejos tiempos. Me saltaré esa otra fiesta si quieres. Por favor, cariño. No eres en absoluto una alcohólica. Y el que no bebas hace que me sienta como un borrachín..., que me sienta anormal. Y no eres ni por lo más remoto una alcohólica, como tampoco lo soy yo.

—Prepararé un poco de sopa y luego podemos irnos a la cama. —Pero su voz era imposible y a Ken le sonó condenatoria. Luego Marian añadió—: Me he esforzado tanto por salvar nuestro matrimonio y ayudarte... Pero es como luchar con arenas movedizas. Hay demasiadas cosas detrás de la bebida y estoy muy cansada.

—Solo me quedaré un minuto en la fiesta, ven conmigo.

—No puedo ir.

El taxi se detuvo y Marian pagó la carrera.

—¿Tienes dinero? —preguntó al salir del automóvil—. Si es que tienes que ir.

—Naturalmente.

El apartamento de Jim Johnson estaba muy lejos en el West Side, en un barrio de puertorriqueños. Había cubos de basura abiertos en los bordillos y el viento arremolinaba papeles sobre las aceras nevadas. Cuando el taxi se detuvo, Ken estaba tan distraído que el chófer tuvo que llamarlo. Miró el taxímetro y abrió el billetero: no tenía ni un solo billete de dólar, únicamente cincuenta centavos, cantidad insuficiente.

—Me he quedado sin dinero, excepto estos cincuenta centavos —dijo Ken, entregando el dinero al conductor—. ¿Qué puedo hacer?

El taxista lo miró.

—Nada, salga. No hay nada que hacer.

Ken se apeó.

—Quince centavos de menos y sin propina... Lo siento.

—Tendría que haber aceptado el dinero de la señora.

Aquella fiesta se celebraba en un apartamento del último piso de una casa sin ascensor ni agua caliente; en cada uno de los descansillos se acumulaban olores de comida. La habitación estaba abarrotada, fría, y las llamas de gas ardían azules en el fogón, con la puerta del horno abierta para que saliera el calor. Como había muy pocos muebles a excepción de un sofá-cama, la mayoría de los invitados se habían sentado en el suelo. Había hileras de lienzos apoyados contra la pared y sobre un caballete descansaba un cuadro de un vertedero de color morado con dos soles verdes. Ken se acomodó en el suelo junto a un joven de mejillas sonrosadas que vestía una chaqueta marrón de cuero.

—Siempre es relajante sentarse en el estudio de un pintor. Los pintores no tienen los problemas de los escritores. ¿Quién ha oído hablar de un pintor que se quede atascado? Nunca les falta algo con que trabajar: preparar el lienzo, los pinceles y todo lo demás. Mientras que una página en blanco..., los pintores no están neuróticos como muchos escritores.

—No estoy seguro —dijo el joven—. ¿No se cortó Van Gogh una oreja?

—Pero el olor a pintura, los colores y la actividad son relajantes. No como una hoja en blanco y una habitación silenciosa. Los pintores pueden silbar mientras trabajan e incluso hablar con otras personas.

—Conocí una vez a un pintor que mató a su mujer.

Cuando a Ken le ofrecieron un ponche de ron o una copa de jerez, eligió el jerez, al que encontró un sabor metálico, como si hubiera tenido monedas en remojo.

—¿Es usted pintor?

—No —dijo el joven—. Escritor..., quiero decir que escribo.

—¿Cómo se llama?

—Mi nombre no le diría nada. Todavía no he publicado mi libro. —Después de una pausa añadió—: Me aceptaron un relato en *Bolder Accent*, una revista pequeña, no sé si habrá oído hablar de ella.

—¿Cuánto tiempo lleva escribiendo?

—Ocho..., diez años. Por supuesto tengo que trabajar en otras cosas a tiempo parcial, lo bastante para comer y pagar el alquiler.

—¿Qué clase de trabajos hace?

—Cualquier cosa. Durante un año trabajé en un depósito de cadáveres. El sueldo era estupendo y podía dedicar a escribir cuatro o cinco horas diarias. Pero al cabo de un año empecé a notar que aquel empleo no era bueno para mi trabajo. Todos aquellos cadáveres..., de manera que pasé a preparar perritos calientes en Coney Island. Ahora estoy de portero de noche en un hotel de mala muerte. Pero dispongo de toda la tarde en casa para escribir y por la noche pienso en mi libro..., y en ese lugar no faltan situaciones de interés humano. Historias para el futuro, ¿sabe?

—¿Qué le hace pensar que es escritor?

El entusiasmo se esfumó del rostro del joven y cuando se apretó la mejilla con los dedos le dejaron marcas blancas.

—Sencillamente lo sé. He trabajado mucho y tengo fe en mi talento. —Continuó después de una pausa—. Por supuesto un relato en una revista menor después de diez años no es un comienzo demasiado brillante. Pero piense en lo mucho que luchan casi todos los escritores, incluso los grandes genios. Dispongo de tiempo y de perseverancia, y cuando esta novela vea finalmente la luz, el mundo reconocerá mi talento.

A Ken le resultó desagradable la total sinceridad del joven, porque veía en ella algo que él había perdido hacía mucho tiempo.

—Talento —dijo con amargura—. Un talento pequeño, de un solo relato..., eso es la cosa más traicionera que Dios puede conceder. Trabajar y trabajar, con esperanza, con fe hasta que la juventud se consume... He visto esa situación demasiadas veces. Un talento pequeño es la mayor maldición divina.

—Pero ¿cómo sabe que tengo un talento pequeño, cómo sabe que no es grande? No lo sabe, ¡no ha leído nunca una sola palabra de lo que he escrito! —protestó el otro lleno de indignación.

—No pensaba en usted en particular. Hablo de manera abstracta.

El olor a gas era intenso en la habitación, y el humo del tabaco se acumulaba en capas cerca del techo, muy bajo. El suelo estaba frío y Ken se apoderó de un cojín cercano y se sentó encima.

—¿Qué tipo de cosas escribe?

—Mi último libro es sobre un individuo llamado Brown..., quería que fuese un nombre corriente, como un símbolo de la humanidad en general. Ama a su esposa, pero tiene que matarla porque...

—No me cuente más. Un escritor nunca debe hablar de su obra antes de terminarla. Además todo eso ya lo he oído antes.

—¿Cómo es posible? Nunca se lo he contado, no he terminado de decirle...

—Al final da lo mismo —dijo Ken—. Oí esa historia hace siete años..., ocho años en esta misma habitación.

El rostro sonrosado palideció.

—Señor Harris, aunque haya escrito dos libros que se han publicado, creo que es usted un hombre mezquino. —Alzó la voz—. ¡Haga el favor de dejarme en paz!

El joven se levantó, se subió la cremallera de su chaqueta de cuero y fue a colocarse, con expresión hosca, en una esquina de la habitación.

Al cabo de unos momentos, Ken empezó a preguntarse por qué estaba allí. No conocía a nadie exceptuado el anfitrión, y el cuadro del vertedero y los dos soles le irritaba. En la habitación llena de desconocidos no había ninguna voz para guiarlo y el jerez le quemaba la boca, demasiado seca. Sin despedirse de nadie, Ken abandonó la habitación y bajó la escalera.

Recordó que no tenía dinero y que no le quedaba otro remedio que volver andando. Todavía nevaba, el viento aullaba en las esquinas de las calles y la temperatura se acercaba a los veinte bajo cero. Estaba a muchas manzanas de su casa cuando vio un *drug store* en una esquina familiar y se le vino a la cabeza la idea de un café caliente. Si pudiera beber un poco de café que estuviera de verdad caliente, si pudiera calentarse las manos con la taza, se le aclararía el cerebro y tendría la energía suficiente para apretar el paso y enfrentarse, al llegar, con su mujer y con lo que iba a suceder.

Luego pasó algo que en un primer momento le pareció ordinario, incluso natural. Un sujeto con sombrero hongo iba a cruzarse con él en la calle desierta y cuando estaban muy cerca el uno del otro, Ken dijo:

—Buenas noches, hace muchísimo frío, ¿no le parece?

El otro vaciló un momento.

—Espere —siguió Ken—. Me encuentro en un aprieto. He perdido el dinero que llevaba, no importa cómo, y me pregunto si podría darme unos centavos para una taza de café.

Una vez pronunciadas las palabras, Ken se dio cuenta de que la situación no era corriente y de que el desconocido y él intercambiaban esa mirada de vergüenza mutua, de desconfianza, que relaciona al mendigo con su posible benefactor. Ken se quedó con las manos en los bolsillos —había perdido los guantes en algún sitio—, el desconocido le lanzó una última mirada y apretó el paso.

—Espere —le llamó Ken—. Piensa usted que soy un atracador, ¡pero no es cierto! Soy escritor, no un delincuente.

El desconocido se apresuró hasta alcanzar el otro lado de la calle, la cartera chocándole con las rodillas mientras avanzaba. Ken llegó a su casa después de medianoche.

Marian estaba en la cama y tenía un vaso de leche en la mesilla de noche. Ken se preparó un *whisky* con soda y se lo llevó al dormitorio, aunque por entonces bebía de ordinario a escondidas y deprisa.

—¿Dónde está el despertador?

—En el cesto de la ropa.

Ken encontró el reloj y lo puso en la mesilla, junto a la leche. Marian le lanzó una mirada peculiar.

—¿Qué tal tu fiesta?

—Horrible. —Al cabo de un rato añadió—: Esta ciudad es un lugar sombrío. Las fiestas, la gente..., los desconocidos desconfiados.

—Es a ti a quien siempre le han gustado las fiestas.

—No, no me gustan. Ya no. —Se sentó en la cama de Marian, junto a ella, y de repente se le llenaron los ojos de lágrimas—. Cariño, ¿qué ha pasado con la granja donde íbamos a cultivar manzanas?

—¿Manzanas?

—*Nuestra* granja para cultivar manzanas. ¿No te acuerdas?

—¡Hace tantos años y han sucedido tantas cosas...!

Pero aunque el sueño llevaba largo tiempo olvidado, su lozanía resurgió. Ken veía las flores de los manzanos bajo la lluvia primaveral, veía la vieja granja gris. Él ordeñaba al amanecer, luego se ocupaba de la huerta con verdes lechugas rizadas, del maíz en el verano polvoriento, de las berenjenas y las lombardas, brillantes por el rocío... El desayuno rural serían tortitas y salchichas de cerdos criados en casa. Terminados el desayuno y las tareas matutinas, Ken trabajaría cuatro horas en su novela y luego, por la tarde, se ocuparía de las cercas necesitadas de reparaciones y cortaría leña. Se imaginaba la granja en las cuatro estaciones: los períodos en los que estarían bloqueados por la nieve, cuando él terminaría toda una novela corta de un tirón; los días de mayo, suaves, dulces, luminosos; la charca verde del verano, donde pescaría truchas para su propio consumo; el octubre azul y las manzanas. El sueño, sin contaminación alguna de la realidad, era intenso, exacto.

—Y por las noches —dijo, viendo la luz del hogar y el alzarse y caer de las sombras en la pared de la granja— estudiaríamos de verdad a Shakespeare y leeríamos la Biblia de cabo a rabo.

Por un momento el sueño prendió de nuevo en Marian.

—Eso fue el primer año que estuvimos casados —dijo, con tono de agravio o de sorpresa—. Y después de iniciar el cultivo de las manzanas íbamos a tener un hijo.

—Lo recuerdo —dijo Ken de manera imprecisa, aunque era aquella una parte que había olvidado por completo. Veía un niño indefinido de unos seis años con pantalones vaqueros..., luego el niño desaparecía y se veía él, claramente, sobre el caballo (o más bien la mula), transportando el manuscrito terminado de una gran novela al pueblo más próximo para enviarla por correo a los editores.

—Podríamos vivir con casi nada, y vivir bien. Yo haría todo el trabajo, porque la mano de obra es lo que trae cuenta en los días que corren, cultivaríamos todo lo que comiéramos. Tendríamos nuestros cerdos y una vaca y gallinas. —Después de una pausa, añadió—: Ni siquiera habría que pagar las bebidas alcohólicas. Yo mismo fabricaría sidra y aguardiente de manzana. Tendríamos una prensa y todo eso.

—Estoy cansada —dijo Marian, y se tocó la frente con los dedos.

—Se acabaría el ir a fiestas en Nueva York y por las noches leeríamos la Biblia de principio a fin. No lo he hecho nunca, ¿lo has hecho tú?

—No —dijo ella—, pero no necesitas dedicarte a cultivar manzanas para leer la Biblia.

—Quizá necesite de las manzanas para leer la Biblia y hasta para escribir bien.

—Bueno, *tant pis*. —La frase en francés indignó a Ken; durante un año antes de que se casaran, Marian había enseñado francés en un instituto y, a veces, cuando estaba molesta o decepcionada con él, utilizaba una frase en francés que a menudo no entendía.

Sintió crecer entre ellos una tensión que quería evitar a toda costa. Siguió en la cama, encorvado y abatido, contemplando los grabados en la pared del dormitorio.

—Sucede que a mis esperanzas les ha sucedido algo completamente descabellado. Cuando era joven estaba convencido de que iba a ser un gran escritor. Luego pasaron los años, y ya me conformaba con ser un excelente escritor menor. ¿No notas la caída mortal en eso?

—No, estoy exhausta —dijo Marian al cabo de un rato—. También yo he pensado en la Biblia este año último. Uno de los primeros mandamientos es «No adorarás a otros dioses». Pero tú y otros como tú habéis hecho un dios de la ilusión. Haces caso omiso de tus otras responsabilidades: familia, situación económica, incluso dignidad, amor propio. Haces caso omiso de todo lo que pueda interferir con tu extraño dios. El becerro de oro no fue nada comparado con esto.

—Y después de conformarme con no ser más que un escritor menor tuve que reducir aún más mis aspiraciones. Escribí guiones para la televisión y traté de convertirme en un escritorzuelo competente. Pero tampoco lo conseguí. ¿Entiendes el horror? Me convertí en mezquino, en envidioso: antes no lo había sido nunca, era razonablemente bueno cuando era feliz. Lo último y definitivo es renunciar por completo a escribir y conseguir un empleo como publicitario. ¿Te das cuenta del horror?

—He pensado con frecuencia que esa podría ser una solución. Cualquier cosa, cariño, que te devuelva el amor propio.

—Sí —dijo Ken—. Pero preferiría trabajar en el depósito de cadáveres o preparar perritos calientes.

Los ojos de Marian se llenaron de aprensión.

—Es tarde. Acuéstate.

—En la granja de las manzanas trabajaría muchísimo, tareas manuales, además de escribir. Sería tranquilo y... sin riesgo. ¿Por qué no podemos hacerlo, amorcito?

Marian se estaba cortando un padrastro y ni siquiera lo miró.

—Quizá tu tía Rose podría prestarme dinero... de una manera estrictamente legal, como una operación bancaria. Con hipotecas financieras sobre la granja y las cosechas. Y le dedicaría el primer libro que escribiera.

—Un préstamo..., ¡de mi tía Rose no! —Marian dejó las tijeras sobre la mesilla de noche—. Me voy a dormir.

—¿Por qué no crees en mí..., ni en la granja de

las manzanas? ¿Por qué no quieres hacerlo? Sería tan tranquilo y tan sin riesgos... Estaríamos solos y muy lejos..., ¿por qué no quieres?

Los ojos negros de Marian estaban muy abiertos y Ken vio en ellos una expresión que solo había visto una vez antes.

—Porque —dijo muy despacio— no me quedaría sola contigo, ni me iría lejos, a esa descabellada granja, por nada del mundo, sin médicos, ni amigos ni ayuda. —La aprensión se había convertido en miedo y le brillaban los ojos de terror. Alzó la sábana con las manos.

La voz de Ken reflejó su consternación.

—¡Cariño, tú no me tienes miedo! Vaya, no te tocaría ni un pelo de la cabeza. Hasta me parece mal que sople el viento donde tú estás... No podría hacerte...

Marian se colocó la almohada y, volviéndose de espaldas, se tumbó.

—De acuerdo. Buenas noches.

Durante un rato, Ken siguió aturdido, y luego se arrodilló en el suelo junto a la cama de Marian y le colocó suavemente una mano en las nalgas. La apagada pulsión del deseo revivió con el tacto.

—¡Vamos! Me quito la ropa. Hagamos mimines.

Ken aguardó, pero Marian no se movió ni respondió.

—Vamos, amorcito.

—No —dijo ella. Pero el deseo de Ken iba en aumento y no se fijó en las palabras de su mujer, le temblaba la mano y las uñas parecían sucias sobre la sábana blanca—. Ya no —dijo—. Nunca jamás.

—Por favor, amor mío. Después podremos quedarnos tranquilos y dormir. Cariño mío, eres todo lo que tengo. ¡Eres el oro en mi vida!

Marian le apartó la mano y se irguió bruscamente. El miedo había sido reemplazado por un fogonazo de indignación, y la vena azul se le marcaba en la sien.

—Oro en tu vida... —Su voz intentó la ironía, sin conseguirlo—. En cualquier caso soy yo quien te gana el sustento de cada día.

El insulto contenido en aquellas palabras se le reveló despacio, luego la cólera saltó tan repentina como una llama.

—Me... me...

—Crees ser el único que ha sufrido un desengaño. Yo me casé con un escritor y creía que se iba a convertir en un gran escritor. Me parecía bien mantenerte..., pensaba que iba a merecer la pena. De manera que trabajé en una oficina mientras tú te quedabas aquí sentado, reduciendo tus aspiraciones. Dios mío, ¿qué es lo que nos ha pasado?

Ken trató de decir algo pero la rabia no le permitió hablar.

—Quizá te podrían haber ayudado. Si hubieras ido a un médico cuando empezaste a bloquearte. Pero los dos sabemos desde hace mucho tiempo que estás... enfermo.

Ken vio de nuevo la expresión que ya había visto antes —aquella mirada era lo único que recordaba de la horrible pérdida de memoria—: los ojos negros, brillantes por el miedo, y la vena que destacaba sobre la sien. Ken se contagió, reflejando la misma expresión de Marian, de manera que sus miradas se entrelazaron, encendidas por el terror.

Incapaz de soportarlo, Ken cogió las tijeras de la mesilla de noche y las alzó por encima de su cabeza, los ojos fijos en la vena de la sien de su mujer.

—¡Enfermo! —dijo por fin—. Quieres decir loco. Te voy a enseñar a tener miedo de que esté loco. Te voy a enseñar a hablar de mantenerme. ¡Te voy a enseñar a pensar que estoy loco!

Los ojos de Marian brillaron preocupados y trató débilmente de moverse. La vena de la sien se le retorció.

—No te muevas. —Luego, con un gran esfuerzo abrió la mano y las tijeras cayeron sobre el suelo enmoquetado—. Lo siento —dijo—. Discúlpame. —Después de buscar por toda la habitación con expresión perdida vio la máquina de escribir y fue rápidamente a por ella.

—Me la llevo al cuarto de estar. No he terminado mi parte de hoy..., hay que ser disciplinado en cosas como esta.

Se sentó delante de la máquina en el cuarto de estar, alternando X y R por la diferencia entre el sonido de las dos letras. Después de rellenar unas cuantas líneas se detuvo y dijo con voz hueca:

—Esta historia se levanta ya sobre las patas de atrás. —Luego empezó a teclear: «Están verdes, dijo la zorra».

Lo escribió varias veces y se recostó en la silla.

—Corazón —suplicó con tono apremiante—. Sabes cómo te quiero. Eres la única mujer en la que he pensado nunca. Eres mi vida. ¿No lo entiendes, cielito?

Marian no respondió y solo el murmullo de los tubos de la calefacción interrumpía el silencio del apartamento.

—Perdóname —dijo Ken—. Siento mucho haber alzado las tijeras. Sabes que ni siquiera te daría un pellizco fuerte. Dime que me perdonas. Dímelo, por favor.

Pero la respuesta siguió sin llegar.

—Voy a ser un buen marido. Incluso conseguiré un empleo en una agencia de publicidad. Seré un poeta dominguero: solo escribiré los fines de semana y las fiestas. Lo haré, cariño, ¡lo haré! —dijo con desesperación—. Aunque me gustaría mucho más preparar perritos calientes en el depósito de cadáveres.

¿Era la nieve lo que hacía tan silenciosa la habitación? Ken, que oía los latidos de su propio corazón, escribió:

¿Por qué estoy tan asustado?
¿¿Por qué estoy tan asustado??
¿¿¿Por qué estoy tan asustado???

Se levantó, fue a la cocina y abrió la puerta del frigorífico.

—Cariño, te voy a preparar algo delicioso para comer. ¿Qué es esa cosa oscura en el plato del rincón? Vaya, ¡no me digas que es el hígado que sobró de la cena el domingo pasado! ¡Siempre te han gustado mucho los higaditos de pollo! ¿O prefieres algo bien caliente, como una sopa? ¿Cuál de las dos cosas, cariño?

Ningún ruido.

—Apuesto cualquier cosa a que no has cenado. Tienes que estar agotada..., con esas fiestas terribles, y beber y caminar..., sin probar nada sólido. Necesitas que te cuide. Comeremos primero y luego haremos mimines.

Se quedó quieto, escuchando. Después, en las manos el hígado de pollo untado de gelatina, se llegó de puntillas al dormitorio. La habitación y el baño estaban vacíos. Con mucho cuidado colocó el hígado sobre el paño blanco del tocador. Luego se quedó en el umbral, con un pie alzado para caminar, que después se inmovilizó en el aire unos momentos. A continuación abrió armarios, hasta el de las escobas en la cocina, y miró detrás de los muebles, incluso debajo de la cama. Marian no estaba en ningún sitio. Finalmente, se dio cuenta de que el abrigo de leopardo y el bolso de su mujer habían desaparecido. Jadeaba cuando se sentó delante del teléfono.

—Qué tal, doctor. Ken Harris al habla. Mi mujer ha desaparecido. Sencillamente se ha marchado mientras yo escribía a máquina. ¿Está ahí con usted? ¿Le ha telefoneado? —Dibujó cuadrados y líneas ondulantes en el bloc de notas—. ¡Claro que sí, demonios, nos hemos peleado! Cogí las tijeras..., no, ¡no la toqué! No le haría daño por nada del mundo. No, no está herida..., ¿de dónde saca semejante idea? —Ken escuchó—. Solo le quiero decir esto: sé que ha hipnotizado a mi esposa..., que le ha calentado la cabeza para volverla contra mí. Si sucede algo entre nosotros, lo voy a matar. Me presentaré en su entrometida consulta de Park Avenue y lo mataré bien muerto.

A solas en las habitaciones vacías, silenciosas, Ken sintió un miedo indefinible que le recordó su infancia obsesionada por los fantasmas. Se sentó en la cama, con los zapatos puestos, acunándose las rodillas con los dos brazos. Le vino a la cabeza un verso. «Amor mío, amor mío, ¿por qué me has dejado solo?» Sollozó y se mordió la rodilla a través del pantalón.

Después de un rato llamó a los lugares en los que pensó que podría encontrar a Marian, y acusó a sus amigos de entrometerse en su matrimonio o de esconder a su mujer... Cuando llamó a Mabel Goodley se había olvidado ya del episodio en la fiesta de los Rodgers y le dijo que quería ir a verla. Cuando ella le respondió que eran las tres de la madrugada y tenía que levantarse pronto, Ken preguntó para qué estaban los amigos si no era para ocasiones como aquella. Acto seguido la acusó de esconder a Marian, de entrometerse en su matrimonio y de estar compinchada con el malvado psiquiatra...

Al final de la noche dejó de nevar. El cielo del amanecer tenía color gris perla y el día iba a ser claro y muy frío. Al salir el sol, Ken se puso el abrigo y se fue a la calle, donde no había nadie en aquel momento. El sol moteaba de oro la nieve recién caída, y las sombras eran de color azul lavanda. Sus sentidos buscaban el helado resplandor de la mañana y estuvo pensando que debería escribir sobre un día así, que realmente se proponía escribir sobre algo así.

Convertido en una figura encorvada y ojerosa de mirada brillante y perdida, Ken se dirigió despacio hacia el metro. Pensó en las ruedas de los trenes y en el viento arenoso, en sus rugidos. Se preguntó si era cierto que en el momento de la muerte el cerebro se llena de las imágenes del pasado —los manzanos, los amores, la cadencia de las voces perdidas—, todo fundido y de vivos colores en el cerebro que muere. Caminaba muy despacio, los ojos fijos en sus pisadas solitarias y en la nieve virginal que tenía por delante.

Un policía a caballo pasó por la calzada cerca de él. El aliento del caballo se hizo visible en el aire frío e inmóvil, y sus ojos eran morados, transparentes.

—Oiga, agente. Tengo que presentar una denuncia. Mi mujer alzó las tijeras contra mí..., apuntando a esta vena azul. Luego abandonó el apartamento. Mi mujer está muy enferma..., loca. Habría que ayudarla antes de que suceda algo horrible. No ha querido cenar nada..., ni siquiera un higadito de pollo.

Ken siguió avanzando con dificultad, y el agente se lo quedó mirando mientras se alejaba. La meta de Ken era tan poco controlable como el viento que nadie ha visto; y él pensaba solo en sus pasos y en el camino inmaculado que tenía por delante.

Austral Cuentos ofrece al lector breves antologías de relatos de los mejores escritores de todos los tiempos.

AUTORES DE LA SERIE UNIVERSAL

Antón Chéjov

Joseph Conrad

Nathaniel Hawthorne

E. T. A. Hoffmann

Franz Kafka

Jack London

H. P. Lovecraft

Katherine Mansfield

Carson McCullers

Edgar Allan Poe

Bram Stoker

Oscar Wilde

Virginia Woolf

AUSTRAL